岩 波 文 庫
31-212-1

二 十 四 の 瞳

壺 井　栄 作

岩 波 書 店

目次

二十四の瞳

一　小石先生

十年をひと昔というならば、この物語の発端は今からふた昔半もまえのことになる。世の中のできごとはといえば、選挙の規則があらたまって、普通選挙法というのが生まれ、二月にその第一回の選挙がおこなわれた、二か月後のことになる。昭和三年四月四日、農山漁村の名が全部あてはまるような、瀬戸内海べりの一寒村へ、若い女の先生が赴任してきた。

百戸あまりの小さなその村は、入り江の海を湖のような形にみせる役をしている細長い岬《みさき》の、そのとっぱなにあったので、対岸の町や村へゆくには小舟で渡ったり、うねうねとまがりながらつづく岬の山道をてくてく歩いたりせねばならない。交通がすごくふべんなので、小学校の生徒は四年までが村の分教場にゆき、五年になってはじめて、片道五キロの本村の小学校へかようのである。手作りのわらぞうりは一日できれた。それがみんなはじまんであった。毎朝、新しいぞうりをおろすのは、うれしかったにちがいない。じぶんのぞうりをじぶんの手で作るのも、五年生になってからの仕事である。日曜日に、だれかの家へ集まってぞうりを作るのはたのしかった。小さな子どもらは、うらやましそうにそれをながめて、しらずしらずのうちにぞうり作りをおぼえてゆく。小さい子どもたちにとって、五年生になるということは、ひとり立ちを意味するほどのことであった。しかし、分教場もたのしかった。

分教場の先生は二人で、うんと年よりの男先生と、子どものように若い女先生がくるのにきまっていた。それはまるで、そういう規則があるかのように、大昔からそうだった。職員室のとなりの宿直室に男先生は住みつき、女先生は遠い道をかよってくるのも、男先生が三、四年を受けもち、女先生が一、二年と全部の唱歌と四年女生の裁縫を教える、それも昔からのきまりであった。生徒たちは先生を呼ぶのに名をいわず、男先生、女《おなご》先生といった。年よりの男先生が恩給をたのしみに腰をすえているのと反対に、女先生のほうは、一年かせいぜい二年すると転任した。なんでも、校長になれない男先生の教師としての最後のつとめと、新米《しんまい》の女先生が苦労のしはじめを、この岬の村の分教場でつとめるのだという噂《うわさ》もあるが、うそかほんとかはわからない。だが、だいたいほんとうのようでもある。

そうして、昭和三年の四月四日にもどろう。その朝、岬の村の五年生以上の生徒たちは、本校まで五キロの道をいそいそと歩いていた。みんな、それぞれ一つずつ進級したことが心をはずませ、足もとも軽かったのだ。かばんの中は新しい教科書にかわっているし、今日《きょう》から新しい教室で、新しい先生に教えてもらうたのしみは、いつも通る道までが新しく感じられた。それというのも、今日は、新しく分教場へ赴任してくる女先生に、この道で出あうということもあった。

「こんどのおなご先生、どんなヤツじゃろな。」

わざとぞんざいに、ヤツよばわりをするのは、高等科——今の新制中学生にあたる男の子どもたちだ。

「こんどのもまた、女学校出え出えの卵じゃいよったぞ。」

「そんなら、また半人前《はんにんまえ》先生か。」

「どうせ、岬はいつでも半人前じゃないか。」

「貧乏村なら、半人前でもしょうがない。」

正規の師範出ではなく、女学校出の準教員(今では助教《じょきょう》というのだろうか)のことを、口のわるい大人《おとな》たちが、半人前などというのをまねて、じぶんたちも、もう大人になったようなつもりでいっているのだが、たいして悪気はなかった。しかし、今日はじめてこの道を歩くことになった五年生たちは、目をぱちくりさせながら、今日仲間入りをしたばかりの遠慮さで、きいている。だが、前方から近づいてくる人の姿をみとめると、まっさきに歓声をあげたのは五年生だった。

「わあ、おなご先生ェ。」

それは、ついこないだまで教えてもらっていた小林先生である。いつもはさっさとすれちがいながらおじぎを返すだけの小林先生も、今日は立ちどまって、なつかしそうにみんなの顔をかわるがわる見まわした。

「今日で、ほんとにおわかれね。もうこの道で、みんなに出あうことはないわね。よく勉強してね。」

そのしんみりした口調に涙ぐんだ女の子もいた。この小林先生だけは、これまでの女先生の例をやぶって、まえの先生が病気でやめたあと、三年半も岬の村を動かなかった先生であった。だから、ここで出あった生徒たちは、いちどは小林先生に教わったことのあるものばかりだ。先生がかわるというようなことは、本来ならば新学期のその日になってはじめて分かるのだが、小林先生は、かた破りに十日もまえに生徒に話したのである。三月二十五日の終業式に本校へいった帰り、ちょうど、いま、立っているこのへんで、別れのことばをいい、みんなに、キャラメルの小箱を一箱ずつくれた。だからみんなは、今日この道を新しい女先生が歩いてくるとばかり思っていたのに、それを迎えるまえに小林先生にあってしまったのである。小林先生も、今日は分教場にいる子どもたちに、別れのあいさつにゆくところなのであろう。

「先生、こんどくる先生は？」

「さあ、もうそろそろ見えるでしょう。」

「こんどの先生、どんな先生？」

「しらんのよ、まだ。」

「また女学校出え出え？」

「さあ、ほんとにしらんの。でもみんな、性《しょう》わるしたら、だめよ。」

そういって小林先生は笑った。先生もはじめの一年は途中の道でひどく困らされて、生徒の前もかまわず泣いたこともあった。泣かした生徒はもうここにはいないけれど、ここにいる子の兄や姉である。若いのと、なれないのとで、岬へくるたいていの女先生が、一度は泣かされるのを、本校通いの子どもらは伝説として知っていた。四年もいた小林先生のあとなので、子どもたちの好奇心はわくわくしていた。小林先生と別れてからも、みんなはまた、こんどくる先生の姿を前方に期待しながら、作戦をこらした。

「芋女《いもじょ》ォって、どなるか。」

「芋女でなかったら、どうする。」

「芋女に、きまっとると思うがな。」

口ぐちに芋女芋女といっているのは、この地方がさつま芋の本場《ほんば》であり、その芋畑のまん中にある女学校なので、こんないたずらな呼びかたも生まれたわけだ。小林先生もその芋女出身だった。子どもたちは、こんどくる女先生をも芋女出ときめて、もうくるか、もう見えるかと、道がまがるたびに前方を見わたしたが、彼らの期待する芋女出えの若い先生の姿にはついに出あわず、本村の広い県道に出てしまった。と同時に、もうおなご先生のことなどかなぐり捨てて、小走りになった。いつも見るくせになっている県道ぞいの宿屋の玄関の大時計が、いつもより十分ほどすすんでいたからだ。時計がすすんだのではなく、小林先生と立ち話をしただけおそくなったのだ。背中や脇の下で筆箱を鳴らしながら、ほこりを立ててみんなは走りつづけた。

そうして、その日の帰り道、ふたたび女先生のことを思いだしたのは県道から、岬のほうへわかれた山道にさしかかってからである。しかもまた、向こうから小林先生が歩いてくるのだ。長い袂《たもと》の着物をきた小林先生は、その袂をひらひらさせながら、みょうに両手を動かしている。

「せんせえ。」

「おなごせんせえ。」

女の子はみんな走りだした。先生の笑顔がだんだんはっきりと近づいてくると、先生の両手が見えない綱《つな》をひっぱっていることがわかって、みんな笑った。先生はまるで、ほんとに綱でもひきよせているように、両手をかわるがわる動かし、とうとう立ちどまってみんなをひきよせてしまった。

「先生、こんどのおなご先生、きた？」

「きたわ。どうして？」

「まだ学校にいるん？」

「ああ、そのこと。舟できたのよ、今日は。」

「ふうん。そいでまた、舟で去《い》んだん？」

「そう、わたしにもいっしょに舟で帰ろうとすすめてくれたけど、先生、も一ぺんあんたらの顔みたかったから、やめた。」

「わァ。」

女の子たちがよろこんで歓声をあげるのを、男の子はにやにやして見ている。やがてひとりがたずねた。

「こんどの先生、どんな先生ぞな?」

「いーい先生らしい。かわいらしい。」

小林先生はふっと思いだしたような笑顔をした。

「芋女?」

「ちがう、ちがう。えらい先生よ、こんどの先生。」

「でも、新米じゃろ。」

小林先生はきゅうにおこったような顔をして、

「あんたら、じぶんで教えてもらう先生でもないのに、どうしてそんなことというの。はじめっから新米でない先生て、ないのよ。またわたしのときみたいに、泣かすつもりでしょう。」

そのけんまくに、心の中を見すかされたと思って目をそらすものもあった。小林先生が分教場にかよいだしたころの生徒は、わざと一列横隊《おうたい》になっておじぎをしたり、芋女っとさけんだり、穴があくほど見つめたり、にやにや笑いをしたりと、いろんな方法で新米の先生をいやがらせたものだった。しかし、三年半のうちにはもうどんなことをしても先生のほうで困らなくなり、かえって先生が手出しをしてふざけたりした。五キロの道のりでは、なにかなくてはやりきれなかったのだろう。ころをみて、またひとりの生徒がたずねた。

「こんどの先生、何いう名前?」

「大石先生。でもからだは、ちっちゃあい人。小林でもわたしはのっぽだけど、ほんとに、ちっちゃあい人よ。わたしの肩ぐらい。」

「わあ!」

まるで喜ぶようなその笑い声をきくと、小林先生はまたきっとなって、

「だけど、わたしらより、ずっとずっとえらい先生よ。わたしのように半人前ではないのよ。」

「ふうん。そいで先生、舟でかようんかな?」

ここが大問題だというようにきくのへ、先生のほうも、ここだなという顔をして、

「舟は今日だけよ。明日《あした》からみんな会えるわ。でも、こんどの先生は泣かんよ。わたし、ちゃんといっといたもの。本校の生徒と行きし戻《もど》りに出あうけど、もしもいたずらしたら、猿《さる》が遊んでると思っときなさい。もしもなんかいってなぶったら、烏《からす》が鳴いたと思っときなさいって。」

「わあ。」

「わあ。」

みんないっせいに笑った。いっしょに笑って、それで別れて帰ってゆく、小林先生のうしろ姿が、つぎの曲がり角に消えさるまで、生徒たちは口ぐちに叫んだ。

「せんせえ。」

「さよならあ。」

「嫁《よめ》さーん。」

「さよならあ。」

小林先生はお嫁にゆくためにやめたのを、みんなはもう知っていたのだ。先生が最後にふりかえって手をふって、それで見えなくなると、さすがにみんなの胸には、へんな、

もの悲しさがのこり、一日のつかれも出てきて、もっそりと歩いた。帰ると、村は大さわぎだった。

「こんどのおなご先生は、洋服きとるど。」

「こんどのおなご先生は、芋女とちがうど。」

「こんどのおなご先生は、こんまい人じゃど。」

そしてつぎの日である。芋女出でない、小さな先生にたいして、どきどきするような作戦がこらされた。

　こそこそ　こそこそ

　こそこそ　こそこそ

道みちささやきながら歩いてゆく彼らは、いきなりどぎもをぬかれたのである。場所もわるかった。見通しのきかぬ曲がり角の近くで、この道にめずらしい自転車が見えたのだ。自転車はすうっと鳥のように近づいてきたと思うと、洋服をきた女が、みんなのほうへにこっと笑いかけて、

「おはよう!」

と、風のように行きすぎた。どうしたってそれは女先生にちがいなかった。歩いてく

るとばっかり思っていた女先生は自転車をとばしてきたのだ。自転車にのった女先生ははじめてである。洋服をきた女先生もはじめて見る。はじめての日に、おはよう！　とあいさつをした先生もはじめてだ。みんな、しばらくはぽかんとしてそのうしろ姿を見おくっていた。全然これは生徒の敗《ま》けである。どうもこれは、いつもの新任先生とはだいぶようすがちがう。少々のいたずらでは、泣きそうもないと思った。

「ごついな。」

「おなごのくせに、自転車にのったりして。」

「なまいきじゃな、ちっと。」

男の子たちがこんなふうに批評している一方では、女の子はまた女の子らしく、少しちがった見方で、話がはずみだしている。

「ほら、モダンガールいうの、あれかもしれんな。」

「でも、モダンガールいうのは、男のように髪《かみ》をここのとこで、さんぱつしとることじゃろ。」

そういって耳のうしろで二本の指を鋏《はさみ》にしてみせてから、

「あの先生は、ちゃんと髪ゆうとったもん。」

「それでも、洋服きとるもん。」

「ひょっとしたら、自転車屋の子かもしれんな。あんなきれいな自転車にのるのは。ぴかぴか光っとったもん。」

「うちらも自転車にのれたらええな。この道をすうっと走れる、気色がええじゃろ。」

なんとしても自転車では太刀打《たちう》ちできない。しょい投げをくわされたように、みんながっかりしていることだけはまちがいなかった。なんとか鼻をあかしてやる方法を考えだしたいと、めいめい思っているのだが、なに一つ思いつかないうちに岬の道を出はずれていた。宿屋の玄関の柱時計は今日もまた、みんなの足どりを正直にしめして八分ほどすぎている。それ、とばかり背中と脇の下の筆入れはいっせいに鳴りだし、ぞうりはほこりを舞いあがらせた。

ところが、ちょうどその同じころ、岬の村でも大さわぎだった。昨日《きのう》は舟にのってきたとかで、気がつかぬうちにまた舟で帰ったのをきいた村のおかみさんたちは、今日こそ、どんな顔をして道を通るかと、その洋服をきているという女先生を見たがっていた。ことに村の入り口の関所《せきしょ》とあだ名のあるよろずやのおかみさんときたら、岬の村へくるほどの人は、だれよりも先にじぶんが見る権利がある、とでもいうように、朝のおきぬけから通りのほうへ気をくばっていた。だいぶ永《なが》らく雨がなかったので、かわいた表通りに水をまいておくのも、新しい先生を迎えるにはよかろうと、ぞうきんバケツをもって出てきたとき、向こうから、さあっと自転車が走ってきたのだ。おやっと思うまもなく、

「おはようございます。」

あいそよく頭をさげて通りすぎた女がある。

「おはようございます。」

返事をしたとたんに、はっと気がついたが、ちょうど下り坂になった道を自転車はもう走りさっていた。よろずやのおかみさんはあわてて、となりの大工さんとこへ走りこみ、井戸ばたでせんたくものをつけているおかみさんに大声でいった。

「ちょっと、ちょっと、いま、洋服きた女が自転車にのって通ったの、あれがおなご先生かいの?」

「白いシャツきて、男みたような黒の上着きとったかいの。」

「うん、そうじゃ。」

「なんと、自転車でかいの。」

昨日入学式に長女の松江《まつえ》をつれて学校へいった大工のおかみさんは、せんたくものを忘れて、あきれた声でいった。よろずやのおかみさんは、わが意を得たという顔で、

「ほんに世もかわったのう。おなご先生が自転車にのる。おてんばといわれせんかいな。」

口では心配そうにいったが、その顔はもうおてんばときめている目つきをしていた。よろずやの前から学校までは自転車では二、三分であろうが、すうっと風をきって走っていって十五分もたたぬうちに、女先生の噂はもう村中にひろまっていた。学校でも生徒たちは大さわぎだった。職員室の入り口のわきに置いた自転車をとりまいて、五十人たらずの生徒は、がやがや、わやわや、まるで雀《すずめ》のけんかだった。そのくせ女先生が話しかけようとして近づくと、やっぱり雀のようにぱあっと散ってしまう。しかたなく職員室にもどると、たったひとりの同僚の男先生は、じつにそっけない顔でだまっている。まるでそれは、話しかけられるのは困りますとでもいっているふうに、机の上の担当箱《たんとうばこ》のかげにうつむきこんで、なにか書類を見ているのだ。授業のうちあわせなどは、きのう小林先生との事務ひきつぎですんでいるので、もうことさら用事はないのだが、それにしてもあんまり、そっけなさすぎると、女先生は不平だったらしい。しかし、男先生

は男先生で、困っていたのだ。

――こまったな。女学校の師範科を出た正教員《せいきょういん》のぱりぱりは、芋女出え出えの半人前の先生とは、だいぶようすがちがうぞ。からだこそ小さいが、頭もよいらしい。話があうかな。昨日、洋服をきてきたので、だいぶハイカラさんだとは思っていたが、自転車にのってくるとは思わなんだ。困ったな。なんで今年にかぎって、こんな上等を岬へよこしたんだろう。校長も、どうかしとる。――

と、こんなことを思って気をおもくしていたのだ。この男先生は、百姓の息子が、十年がかりで検定試験をうけ、やっと四、五年前に一人前の先生になったという、努力型の人間だった。いつも下駄《げた》ばきで、一枚かんばんの洋服は肩のところがやけて、ようかん色にかわっていた。子どももなく年とった奥さんと二人で、貯金だけをたのしみに、倹約にくらしているような人だから、人のいやがるこのふべんな岬の村へきたのも、つきあいがなくてよいと、じぶんからの希望であったという変り種《だね》だった。靴をはくのは職員会議などで本校へ出むいてゆくときだけ、自転車などは、まださわったこともなかったのだ。しかし、村ではけっこう気にいられて、魚や野菜に不自由はしなかった。村の人と同じように、垢《あか》をつけて、村の人と同じものを食べて、村のことばをつかっていることの男先生に、新任の女先生の洋服と自転車はひどく気づまりな思いをさせてしまった。

しかし、女先生はそれを知らない。前任の小林先生から、本校通学の生徒のいたずらについては聞いていたのだが、男先生についてはただ、「へんこつよ、気にしないで。」とささやかれただけだった。だが、へんこつというよりも、まるでいじわるでもされそうな気がして、たった二日目だというのに、うっかりしていると、ためいきが出そうになる。女先生の名は大石久子《おおいしひさこ》。湖のような入り江の向こう岸の、大きな一本松のある村の生まれである。岬の村から見る一本松は盆栽《ぼんさい》の木のように小さく見えたが、その一本松のそばにある家ではお母さんがひとり、娘のつとめぶりを案じてくれている。――と思うと、大石先生の小さなからだは思わず胸をはって、大きくいきをすいこみ、

「お母さん！」

と、心の底から呼びかけたくなる。ついこのあいだのこと、

「岬は遠くて気のどくだけど、一年だけがまんしてください。一年たったら本校へもどしますからな。分教場の苦労は、さきしといたほうがいいですよ。」

亡《な》くなった父親と友だちの校長先生にそういわれて、一年のしんぼうだと思ってやっ

てきた大石先生である。歩いてかようにはあまりに遠いから、下宿をしてはとすすめられたのを、母子《おやこ》いっしょにくらせるのをただ一つのたのしみにして、市の女学校の師範科の二年を離れてくらしていた母親のことを思い、片道八キロを自転車でかよう決心をした大石先生である。自転車は久子としたしかった自転車屋の娘の手づるで、五か月月《げっ》賦《ぷ》で手にいれたのだ。着物がないので、母親のセルの着物を黒く染め、へたでもじぶんで縫った。それともしらぬ人びとは、おてんばで自転車にのり、ハイカラぶって洋服をきていると思ったかもしれぬ。なにしろ昭和三年である。普通選挙がおこなわれても、それをよそごとに思っているへんぴな村のことである。その自転車が新しく光っていたから、その黒い手縫いのスウツに垢がついていなかったから、その白いブラウスがまっ白であったから、岬の村の人にはひどくぜいたくに見え、おてんばに見え、よりつきがたい女に見えたのであろう。しかしそれも、大石先生にはまだなっとくのゆかぬ、赴任二日目である。ことばの通じない外国へでもやってきたような心細さで、一本松のわが家のあたりばかりを見やっていた。

カッ　カッ　カッ　カッ

始業を報じる板木《ばんぎ》が鳴りひびいて、大石先生はおどろいて我れにかえった。ここでは最高の四年生の級長に昨日えらばれたばかりの男の子が、背のびをして板木をたたいていた。校庭に出ると、今日はじめて親の手をはなれ、ひとりで学校へきた気負いと一種の不安をみせて、一年生のかたまりだけは、独特な、無言のざわめきをみせている。三、四年の組がさっさと教室へはいっていったあと、大石先生はしばらく両手をたたきながら、それにあわせて足ぶみをさせ、うしろむきのまま教室へみちびいた。はじめてじぶんにかえったようなゆとりが心にわいてきた。席におさまると、出席簿をもったまま教壇をおり、

「さ、みんな、じぶんの名前をよばれたら、大きな声で返事するんですよ。――岡田《おかだ》磯吉《いそきち》くん！」

背の順にならんだので一番前の席にいたちびの岡田磯吉は、まっさきにじぶんが呼ばれたのも気おくれのしたもとであったが、生まれてはじめてクンといわれたことでもびっくりして、返事がのどにつかえてしまった。

「岡田磯吉くん、いないんですか。」

見まわすと、いちばんうしろの席の、ずぬけて大きな男の子が、びっくりするほど大声で、答えた。

「いる。」

「じゃあ、ハイって返事するのよ。岡田磯吉くん。」

返事した子の顔を見ながら、その子の席へ近づいてゆくと、二年生がどっと笑いだした。本ものの岡田磯吉は困って突っ立っている。

「ソンキよ、返事せえ。」

きょうだいらしく、よくにた顔をした二年生の女の子が、磯吉にむかって、小声でけしかけている。

「みんなソンキっていうの?」

先生にきかれて、みんなは一ようにうなずいた。

「そう、そんなら磯吉のソンキさん。」

また、どっと笑うなかで、先生も一しょに笑いだしながら鉛筆を動かし、その呼び名をも出席簿に小さくつけこんだ。

「つぎは、竹下竹一《たけしたたけいち》くん。」

「ハイ。」りこうそうな男の子である。

「そうそう、はっきりと、よくお返事できたわ。――そのつぎは、徳田吉次《とくだきちじ》くん。」

徳田吉次がいきをすいこんで、ちょっとまをおいたところを、さっき、岡田磯吉のとき「いる。」といった子が、少しいい気になった顔つきで、すかさず、

「キッチン。」

と、叫んだ。みんながまた笑いだしたことで相沢仁太《あいざわにた》というその子はますますいい気になり、つぎに呼んだ森岡正《もりおかただし》のときも、「タンコ。」とどなった。そして、じぶんの番になると、いっそう大声で、

「ハーイ。」

先生は笑顔のなかで、少したしなめるように、

「相沢仁太くんは、少しおせっかいね。声も大きすぎるわ。こんどは、よばれた人が、ちゃんと返事してね。――川本松江《かわもとまつえ》さん。」

「ハイ。」

「あんたのこと、みんなはどういうの？」

「マッちゃん。」

「そう、あんたのお父さん、大工さん？」

松江はこっくりをした。

「西口《にしぐち》ミサ子さん。」

「ハイ。」

「ミサちゃんていうんでしょ。」

彼女もまた、かぶりをふり、小さな声で、

「ミイさん、いうん。」

「あら、ミイさんいうの。かわいらしいのね。——つぎは、香川《かがわ》マスノさん。」

「ヘイ。」

思わずふきだしそうになるのをこらえこらえ、先生はおさえたような声で、

「ヘイは、すこしおかしいわ。ハイっていいましょうね、マスノさん。」

すると、おせっかいの仁太がまた口をいれた。

「マアちゃんじゃ。」

「木下富士子《きのしたふじこ》さん。」

先生はもうそれを無視して、つぎつぎと名前を呼んだ。

「ハイ。」

「山石早苗《やまいしさなえ》さん。」

「ハイ。」

返事のたびにその子の顔に微笑をおくりながら、

「加部《かべ》小《こ》ツルさん。」

急にみんながわいわいさわぎだした。何ごとかとおどろいた先生も、口ぐちにいっているることがわかると、香川マスノのヘイよりも、もっとおかしく、若い先生はとうとう笑いだしてしまった。みんなはいっているのだった。カベコッツル、カベコッツル、壁《かべ》に頭をカベコッツル。

勝気らしい加部小ツルは泣きもせず、しかし赤い顔をしてうつむいていた。そのさわぎもやっとおさまって、おしまいの片桐《かたぎり》コトエの出席をとったときにはもう、四十五分の授業時間はたってしまっていた。加部小ツルがチリリンヤ（腰にリンをつけて、用足しをする便利屋）の娘であり、木下富士子が旧家の子どもであり、ヘイと返事をした香川マスノが町の料理屋の娘であり、ソンキの岡田磯吉の家が豆腐屋で、タンコの森岡正が網元《あみもと》の息子と、先生の心のメモにはその日のうちに書きこまれた。それぞれの家業は豆腐屋とよばれ、米屋とよばれ、網屋とよばれてはいても、そのどの家もめいめいの商売だけでは暮しがたたず、百姓もしていれば、片手間には漁師もやっている、そういう状態は大石先生の村と同じである。だれもかれも寸暇《すんか》をおしんで働かねば暮しのたたぬ村、だが、だれもかれも働くことをいとわぬ人たちであることは、その顔を見ればわかる。

この、今日はじめて一つの数から教えこまれようとしている小さな子どもが、学校から帰ればすぐに子守りになり、麦搗《むぎつ》きを手つだわされ、網曳《あみひ》きにゆくというのだ。働くことしか目的がないようなこの寒村の子どもたちと、どのようにしてつながってゆくかを思うとき、一本松をながめて涙ぐんだ感傷は、恥ずかしさでしか考えられない。今日はじめて教壇に立った大石先生の心に、今日はじめて集団生活につながった十二人の一年生の瞳《ひとみ》は、それぞれの個性にかがやいてことさら印象ぶかくうつったのである。

この瞳を、どうしてにごしてよいものか！

その日、ペダルをふんで八キロの道を一本松の村へと帰ってゆく大石先生のはつらつとした姿は、朝よりもいっそうおてんばらしく、村人の目にうつった。

「さよなら。」

「さよなら。」

「さよなら。」

出あう人みんなにあいさつをしながら走ったが、返事をかえす人はすくなかった。時たまあっても、だまってうなずくだけである。そのはずで、村ではもう大石先生批判の声があがっていたのだ。

――みんなのあだ名まで帳面につけこんだそうな。

――西口屋のミイさんのことを、かわいらしいというたそうな。

――もう、はやのこめから、ひいきしよる。西口屋じゃ、なんぞ持っていってお上手《じょうず》したんかもしれん。

なんにも知らぬ大石先生は、小柄《こがら》なからだをかろやかにのせて、村はずれの坂道にさしかかると、少し前こごみになって足に力をくわえ、このはりきった思いを一刻も早く母に語ろうと、ペダルをふみつづけた。歩けばたいして感じないほどのゆるやかな坂道は、往《ゆ》きにはこころよくすべりこんだのだが、そのこころよさが帰りには重い荷物となる。そんなことさえ、帰りでよかったとありがたがるほどすなおな気持であった。

やがて平坦な道にさしかかると、朝がた出あった生徒の一団も帰ってきた。

――大石　小石

――大石　小石

幾人もの声のたばが、自転車の速度につれ大きく聞こえてくる。なんのことか、はじめは分からなかった先生も、それがじぶんのことと分かると思わず声を出して笑った。それがあだ名になったと、さとったからだ。わざと、リリリリリとベルを鳴らし、すれちがいながら、高い声でいった。

「さよならァ。」

わあっと喚声《かんせい》があがり、また、大石小石！　と呼びかける声が遠のいてゆく。おなご先生のほかに、小石先生という名がその日生まれたのである。からだが小つぶなからでもあるだろう。新しい自転車に夕陽《ゆうひ》がまぶしくうつり、きらきらさせながら小石先生の姿は岬の道を走っていった。

二　魔法の橋

とっぱなまで四キロの細長い岬のまん中あたりにも小さな部落がある。入り海にそった白い道は、この小部落にさしかかるとともに、しぜんに岬を横ぎって、やがて外海《そとうみ》ぞいに、海を見おろしながら小石先生の学校のある岬村へとのびている。その外海ぞいの道にさしかかる前後に、本校へかよう生徒たちと出あうのが、毎日のきまりのようになっていて、もしも、少しでも場所がちがうと、どちらかがあわてねばならぬ。

「わあ、小石先生きたぞう。」

急に足ばやになるのはたいてい生徒のほうだが、たまには先生のほうでも、入り海ぞいの道で行く手に生徒の姿を見つけ、あわててペダルに力を入れることもある。そんなとき、生徒のほうの、よろこぶまいことか。顔をまっかにして走る先生にむかって、はやしたてた。

「やあい、先生のくせに、おくれたぞォ。」

「月給、ひくぞォ。」

そして、わざと自転車の前に法度《はっと》する子どもさえあった。そんなことがたびかさなると、その日家へ帰ったときの先生は、お母さんにこぼした。

「子どものくせに、月給ひくぞォだって。勘定だかいのよ。いやんなる。」

お母さんは笑いながら、

「そんなこと、おまえ、気にする馬鹿があるかいな。でもまあ、一年のしんぼうじゃ。しんぼう、しんぼう。」

だが、そういってなぐさめられるほど、苦痛は感じていなかった。なれてくると、朝はやく自転車をとばす八キロの道のりはあんがいたのしく、岬を横ぎるころにはスピードが出てきて、いつのまにか競争をしていた。それがまた生徒の心へひびかぬはずがなく、負けずに足が早くなった。シーソーゲームのように押しつ押されつ、一学期も終ったある日、用事で本校へ出むいていった男先生はみょうなことをきいてかえった。この一学期間、岬の生徒は一度もちこくしないというのだ。片道五キロを歩いてかよう苦労はだれにもわかっていることで、昔から、岬の子どものちこくだけは大目に見られていたのだが、逆に一度もちこくがないとなると、これは当然ほめられねばならぬ。もちろん、一大事件としてほめられたのだ。男先生はそれを、じぶんの手柄《てがら》のように思ってよろこび、

「なんしろ、今年の生徒んなかには、たちのよいのがおるからなあ。」

五年生のなかにたったひとり、本校の大ぜいのなかでも群をぬいてできのよい女の子がいることで、岬からかよっている三十人の男女生徒がちこくしなかったようにいった。だがそれは、じつは女先生の自転車のためだったのだ。しかし、女先生だとて、そうとは気がつかなかった。そして、たびたび、この岬の村の子どもらの勤勉さに感心し、いたずらぐらいはしんぼうすべきことだと思った。そう思いながら、心の中ではじぶんの勤勉さをも、ひそかにほめてやった。

——わたしだって、途中でパンクしたときにちこくしただけだわ。わたしは八キロだもの——などと。そして窓の外に目をやり、じぶんをいつもはげましてくれるお母さんのことを思った。おだやかな入り海はいかにも夏らしくぎらぎら光って、母のいる一本松の村は白い夏雲の下にかすんで見えた。あけっぴろげの窓から、海風が流れこんできて、もうあと二日で夏休みになるよろこびが、からだじゅうにしみこむような気がした。

だが、少し悲しいのは、なんとしても気をゆるさぬような村の人たちのことだ。それを男先生にこぼすと、男先生は奥歯のない口を大きくあけて笑い、

「そりゃあ無理な注文じゃ。あんたが、なんぼ熱心に家庭訪問してもですな、洋服と自転車がじゃましとりますワ。ちっとばかりまぶしくて、気がおけるんです。そんな村ですからな。」

女先生はびっくりしてしまった。顔を赤らめ、うつむいて考えこんだ。

――着物きて、歩いてかよえというのかしら。往復四里(十六キロ)の道を……

夏休み中にもなんどかそれについて考えたが、決心のつかぬうちに二学期がきた。暦《こよみ》のうえでは九月といっても、永い休みのあとだけに暑さは暑さ以上にこたえ、女先生の小さなからだは少しやせて、顔色もよくなかった。その朝家を出かけるとき、先生のお母さんはいったのである。

「なんじゃかんじゃというても、三分の一は過ぎたでないか。しんぼう、しんぼう。もうちょっとのしんぼう。」

手つだって自転車を出してくれながら、なぐさめてくれた。しかし、先生でもお母さんの前では、ちょっとわがままをいってみたくなることは、ふつうの人間と同じである。

「あーあ。しんぼ、しんぼか。」

腹でも立てているように、さあっと自転車をとばした。しばらくぶりに風をきって走るこころよさが身にしみるようだったが、今日からまた、自転車でかようことを思うと気が重くなった。休み中なんどか話がでて、岬で部屋でも借りようかといってもみたが、けっきょくは自転車をつづけることになったのである。自転車も、朝はよいけれど、焼けつくような、暑熱《しょねつ》のてりかえす道を、背中に夕陽をうけてもどってくるときのつらさは、ときに呼吸《いき》もとまるかと思うこともある。岬の村は目の前なのに、日がな毎日馬鹿念をいれて、入り海をぐるりとまわってかようことを考えると、くやしくてならない。しかも自転車は岬の人たちの気にいらないというのだ。

あんちきしょ！

口に出してはいわないが、目の前に横たわる岬をにらまえると、思わず足に力がはいる。めずらしく波のざわめく入り江の海を右にへだてて、岬に逆行して走りながら、ああ、と思った。今日は二百十日なのだ。そうと気がつくと、なんとなくあらしをふくんだ風が、じゃけんに頬《ほお》をなぐり、潮《しお》っぽい香《かお》りをぞんぶんにただよわせている。岬の山のてっぺんがかすかにゆれ動いているようなのは、外海の波の荒さを思わせて、ちょっと不安にもなった。途中で自転車をおりねばならないかもしれぬからなのだ。そうなると自転車ほどじゃまものはない。しかし、だからといって今おりるわけにはもうゆかないのだと考えながら、いつしか、空想は羽のある鳥のように飛びまわっていた。

……風よ凪《な》げ！　アリババのようにわたしが命令をくだすと、風はたちまち力をぬいて、海はうそのように静まりかえる。まるで、いま、眠りからさめたばかりの湖のような静かさです。橋よかかれ！　さっとわたしが人さし指を前にのばすと、海の上にはたちまち橋がかかる。りっぱな、虹《にじ》のようにきれいな橋です。わたしだけに見える、そして、わたしだけがとおれる橋なのです。わたしの自転車は、そっとその橋の上にさしかかります。わたしはゆっくりとペダルをふみます。あわてて海におちこむと大へんですから。こうして七色のそり橋をゆっくりと渡りましたが、いつもより四十五分も早く岬の村へつきました。さあ大へんです。わたしの姿を見た村の人たちは、いそいで時計の針を四十五分ほどすすめるし、子どもたちときたら、見るも気のどくなほどあわてふためいて、食べかけの朝飯《あさめし》をのどにつめ、あとはろくに食べずに家をとびだしました。わたしが学校につくと、いま起きだしたばかりの男先生はおどろいて井戸ばたにかけつけ、手水《ちょうず》をつかいはじめるし、年とった奥さんは奥さんで、ねまきも着かえるまがなく七輪《しちりん》をやけにあおぎながら、片手で衿《えり》もとを合わせ合わせ、きまりわるそうなていさい笑いをし、そっと目もとや口もとをこすりました。目のわるい奥さんは、朝おきるといつも目やにがたまっているのです……

ここだけはほんとのことなので、思わずくすっと笑ったとき、空想は霧のように消えてしまった。ゆく手から、風にみだされながらいつもの声がきこえたのである。

「小石せんせえ。」

ひと月ぶりの声をきくと、ぐっとからだに力がはいり、「はーい。」と答えたものの、風はその声をうしろのほうへもっていったようだ。思ったとおり、外海の側は大きく波が立ちさわいでいて、いかにも厄日《やくび》らしいさまを見せている。

「おそいのね、今日《きょう》は。四十五分ぐらいおくれているかもしれないわよ。」

それをきくと、なつかしそうに立ちどまって、何か話しかけそうにした子どもたちは、本気にして走りだした。先生のほうも、風にさからって、いっそう足に力をいれた。ときどき方向のきまらぬような舞い舞い風がふいてきて、何度も自転車をおりねばならなくなったりした。まったく、四十五分ほどおくれそうだ。海べの村でも一本松はいつも岬にまもられているかたちで、厄日にもたいしたことはないのにくらべると、細長い岬の村は、外海側《そとうみがわ》の半分がいつも相当の害をうけるらしい。木々の小枝のちぎれてとびちった道を、自転車も難渋《なんじゅう》しながら進んだ。押して歩くほうが多かったかもしれぬ。こうして、ほんとうにずいぶんおくれて村にさしかかったのであったが、村中が一目で見えるところまできて、先生は思わず立ちどまって叫んだ。

「あらッ。」

村のとっつきの小さな波止場《はとば》では、波止場のすぐ入り口で漁船がてんぷくして、鯨《くじら》の背のような船底を見せているし、波止場にはいれなかったのか、道路の上にも幾隻《いくせき》かの舟があげられていた。海から打ちあげられた砂利《じゃり》で道はうずまり、とうてい自転車などとおれそうもないほど荒れているのだ。まるで、よその村へきたような変りかただった。海べりの家ではどこもみな、屋根がわらをはがされたらしく、屋根の上に人があがっていた。だれひとり先生にあいさつをするゆとりもないらしいなかを、先生もまた、道に打ちあげられた石をよけながら、自転車を押してやっと学校にたどりついた。門をはいってゆくと、どっと一年生が走ってきて、とりまいた。そのどの顔にも、生き生きとした目の光りがあった。それは、昨夜のあらしのおとずれを、よろこんででもいるように元気なのだ。うわずった声の調子で、口ぐちに話しかけようとするのを、少し出しゃば

りの香川マスノが、わたしが報告の役だとでもいうふうに、その声の高さでみんなをおさえ、

「せんせ、ソンキのうち、ぺっちゃんこにつぶれたん。蟹《かに》をたたきつけたように。」

マスノのうすいくちびるから出たことばにおどろき、だんだん大きく目をみひらいた先生は、顔色さえも少しかえて、

「まあ、ソンキさん、うちの人たち、けがしなかったの?」

見まわすと、ソンキの岡田磯吉は、びっくりしたのがまださめないようなようすで、こっくりをした。

「せんせ、わたしのうちは、井戸のはねつるべの棹《さお》がまっ二つに折れて、井戸ばたの水がめがわれたん。」

やっぱりマスノがそういった。

「大へんだったのね。ほかのうち、どうだったの?」

「よろずやの小父《おじ》さんが、屋根のかこいをしよって、屋根から落ちたん。」

「まあ。」

「ミイさんとこでさえ、雨戸をとばしたんで。なあミイさん。」

気がつくと、マスノがひとりでしゃべっている。

「ほかの人どうしたの。なんでもなかったの?」

山石早苗と目があうと、内気《うちき》な早苗はあかい顔をしてこっくりした。マスノは先生のスカートをひっぱって、じぶんのほうへ注意をひき、

「せんせせんせ、それよりもまだ大騒動なんよ。米屋の竹一ん家《く》は、ぬすっとにはいられたのに、なあ竹一。米一俵、とられたんなあ。」

同意をもとめられて竹一は、うんとうなずき、

「ゆだんしとったんじゃ。こんな雨風《あめかぜ》の日はだいじょうぶと思うたら、今朝《けさ》んなって見てみたら、ちゃんと納屋《なや》の戸があいとったん。ぬすっとの家まで、米つぶがこぼれとるかもしれんいうて、お父つぁんがさがしたけんど、こぼれとらなんだん。」

「まあ、いろんなことがあったのね。——ちょっとまって、自転車おいてくるから、またあとでね。」

いつものとおり職員室のほうへ歩いてゆきながら、ふっと、いつもとちがった明るさを感じて立ちどまった先生は、そこでまたおどろかされてしまった。井戸の屋根がふっとんで、見おぼえのトタン屋根のあたりが空白になり、そのあたりの空に白い雲がとん

でいた。走りまわっていたらしいうしろはちまきの男先生が、いつもに似合わずあいそのよい顔で、

「やあ、おなご先生、どうです。ゆうべは、だいぶあばれましたな。」

たすきがけの奥さんも出てきて、頭の手ぬぐいをぬぎながら久しぶりのあいさつをし、

「一本松が、折れましたな。」

「え、ほんとですか。」

先生はとびあがるほどおどろき、じぶんの村のほうに目をやった。一本松はいつものところにちゃんと立っているが、よくみると少しちがった姿をしている。たいした暴風でもなかったのに、年をへた老松《ろうしょう》は、枝をはったその幹《みき》の一部を風にうばわれたものらしい。それにしても、入り海をとりかこんだ村むらにとって、大昔から何かにつけて目じるしにされてきた名物の老松が難にあったのを、地元のじぶんが気づかずにいたのが恥ずかしかった。しかも今朝がたは、ごうまんにもいい気になって、一本松の下から人さし指一本で魔法の橋をかけ、波をしずめたのだ。村の時計を四十五分も進めさせることで、村中の人を大さわぎさせたのに、きてみればそれどころでない大さわぎなのだ。男先生はあわてて手水をつかっているどころでなく、はだしになって働いている。奥さ

んは七輪などとっくにすまして、きりりとしたたすきがけで働いているではないか。

ああ、二学期第一日は出発からまちがっていた、と女先生はひそかに考えた。家を出るときの、お母さんにたいしてのぶあいそを悔《く》いたのである。三時間目の唱歌のとき、女先生は思いついて、生徒をつれ、災難をうけた家へお見舞いにゆくことにした。いちばん学校に近い西口ミサ子の家へより、見舞いのことばをのべた。なんといっても家がぺっちゃんこになったソンキの家が被害の第一番だとみんながいうので、つぎには荒神《こうじん》様《さま》の上にあるソンキの家へむかった。マスノが今朝いった、蟹をたたきつけたようだというのを思いだし、それは大人の口まねだろうと思いながら、へんに実感をともなって想像された。だが家はもう近所の人たちの手だすけであらかた片づいていた。別棟《べつむね》の豆《とう》腐納屋《ふなや》のほうが助かったので、そこの土間にじかに畳をいれて、そこへ家財道具をはこんでいた。一家七人が今夜からそこに寝るのかと思うと、気のどくさですぐにはことばも出ないでいるのを、手つだい人のなかから川本松江の父親が口をだし、大工らしいひょうきんさで、しかしいくぶんかの皮肉をまじえていった。

「あ、これはこれは先生、先生まで手つだいにきておくれたんかな。そんならひとつ、その大ぜいの弟子《でし》を使うて道路の石でも浜へころがしてつかあさらんか(くださいませんか）。ここは大工でないと都合がわるいですわい。それとも、手斧《ちょうな》でも持ちますかな。」

よいなぐさみものといわんばかりに、そこらの人たちが笑う。先生ははっとし、のんきらしく見られたことを恥じた。その通りだと思った。しかし、せっかくきたのだから、一言《ひとこと》でもソンキの家の人たちに見舞いをいおうと思い、なんとなくぐずぐずしていたが、だれも取りあってくれない。しかたなくもどりかけながら、てれかくしに子どもたちにはかった。

「ね、みんなで、これから道路の砂利掃除をしようか。」

「うん、うん。」

「しよう、しよう。」

子どもたちは大よろこびで、くもの子が散るようにかけだした。あらしのあとらしい、すがすがしさをともなった暑さにつつまれて、村は隅ずみまではっきりと見えた。

「よいしょっと！」

「こいつめ！」

「こんちきィ。」

めいめいの力におうじた石をかかえては、道路のはじから二メートルばかり下の浜へ落とすのである。二人がかりでやっと動くような大きな石ころもまじえて、まるで荒磯《あらいそ》のように石だらけの道だった。今はもう、ただ静かにたたえているだけのような海の水が、昨夜はこの高い道路の石垣をのりこえて、こんな石まで打ちあげるほどあれくるったのかと思うと、そのふしぎな自然の力におどろきあきれるばかりだった。波は石をはこび、風は家をたおし、岬の村はまったく大騒動の一夜であったのだ。同じ二百十日も、岬の内と外ではこうもちがうのかと思いながら、先生は抱えた石をどしんと浜になげ、すぐそばで、なれたしぐさで石をけとばしている三年生の男の子にきいた。

「時化《しけ》のとき、いつもこんなふうになるの?」

「はい。」

「そして、みんなで石掃除するの?」

「はい。」

ちょうど、そこを香川マスノの母親がとおりかかり、

「まあま先生、ごくろうでござんすな。でも、今日はざっとにしたほうがよろしいですわ。どうせまた、うしろ七日や二百二十日がひかえとりますからな。」

本村のほうで料理屋と宿屋をしているマスノの母は、わが子のいる岬へようすを見に

きたということであった。マスノがとんできて、母親の腰にかじりつき、

「お母さん、おそろしかったんで、ゆうべ。うち、ごつげな音がして、おばあさんにかじりついて寝たん。朝おきたら、はねつるべの棹が折れとったんで。水がめがわれてしもたん。」

今朝きいたことをマスノはくりかえして母に語っていた。ふんふんといちいちうなずいていたマスノの母親は、半分は先生にむかって、

「岬じゃあ船が流されたり、屋根がつぶれたり、ごっそり壁《かべ》が落ちて家の中が見とおしになった家もあると聞いたもんですからな、びっくりしてきたんですけど、つるべの棹ぐらいでよかった、よかった。」

マスノの母親がいってから、

「マアちゃん、ごっそり壁が落ちたって、だれのうち?」

マスノはかかえていた石を、すてるのをわすれたように、得意の表情になって、

「仁太んとこよ先生。壁が落ちて押入《おしい》れん中ずぶぬれになってしもたん。見にいったら、中がまる見えじゃった。ばあやんが押入れん中でこないして天井見よった。」

顔をしかめてばあやんのまねをしたので、先生は思わず吹きだしたのである。

「押入れが、まあ。」

そういったあとで、笑いはこみあげてきて、ころころと声に出てしまった。なぜそんなに先生が笑いだすのか生徒たちにはわからなかったが、マスノはひとり、じぶんが先生をよろこばしたような気になって、きげんのよい顔をした。みんなはいつかよろずやのそばまできていた。よろずやのおかみさんはすごいけんまくを顔にだして走りよってきて、先生の前に立った。肩でいきをしながら、すぐにはものもいえないようだ。きゅうに笑いを消した先生は、すぐおじぎをしながら、

「あら、失礼いたしました。しけで大へんでしたなあ。今日は石ころ掃除のお手つだいをしていますの。」

しかし、おかみさんはまるで聞こえないようなようすで、

「おなご先生、あんたいま、なにがおかしいて笑うたんですか?」

「…………」

「人が災難《さいなん》に会《お》うたのが、そんなおかしいんですか。うちのお父さんは屋根から落ちましたが、それもおかしいでしょう。みんごと大した怪我《けが》は、しませなんだけんど、大怪我でもしたら、なお、おかしいでしょう。」

「すみません。そんなつもりはちっとも――。」

「いいえ、そんならなんで人の災難を笑うたんです。おていさいに、道掃除などしてもらいますまい。とにかく、わたしの家の前はほっといてもらいます。――なんじゃ、じぶんの自転車が走れんからやってるんじゃないか、あほくさい。そんなら、じぶんだけでやりゃあよい……。」

あとのほうはひとり言のようにつぶやきながら、びっくりして二の句もつげないでいる先生をのこして、ぷりぷりしながら引きかえすと、となりの川本大工のおかみさんに、わざとらしい大声で話しかけた。

「あきれた人もあるもんじゃな。ひとの災難を聞いて、けらけら笑う先生があろうか。ひとつ、ねじこんできた。」

やがてそれは、また尾ひれがついて村中に伝わってゆくにちがいない。じっと突っ立って、二分間ほど考えこんでいた先生は、心配そうにとりまいている生徒たちに気がつくと、泣きそうな顔で笑って、しかし声だけは快活《かいかつ》に、

「さ、もうやめましょう。小石先生しっぱいの巻だ。浜で、歌でもうたおうか。」

くるっときびすをかえして先に立った。その口もとは笑っているが、ぽろんと涙をこ

ぼしたのを、子どもたちが見のがすわけはない。

「先生が、泣きよる。」

「よろずやのばあやんが、泣かしたんど。」

そんなささやきがきこえて、あとはひっそりと、ぞうりの足音だけになった。ふりかえって、泣いてなんかいないよう、と笑ってみせようかと思ったとたん、また涙がこぼれそうになったので、だまった。このさい笑うのはよくないとも思った。さっき笑ったのも、よろずやのおかみさんがいうように、人の災難を笑ったというよりも、ほんとうのところは、マスノの身ぶりがおかしく、それにつづいて、押入れの連想は、一学期のある日の、仁太を思いだして笑わせたのであった。

「天皇陛下はどこにいらっしゃいますか?」

ハイ　ハイ　と手があがったなかで、めずらしく仁太がさされ、

「はい、仁太くん。」

仁太はからだじゅうからしぼり出すような、れいの大声で、

「天皇陛下は、押入れの中におります。」

あんまりきばつな答えに、先生は涙を出して笑った。先生だけでなく、ほかの生徒も

笑ったのだ。笑いは教室をゆるがし、学校のそとまでひびいていったほどだった。東京、宮城《きゅうじょう》、などという声がきこえても、仁太はがてんのゆかぬ顔をしていた。

「どうして、押入れに天皇陛下がいるの?」

笑いがやまってからきくと、仁太は少々自信をなくした声で、

「学校の、押入れん中にかくしてあるんじゃないんかいや。」

それでわかった。仁太がいうのは天皇陛下の写真だったのだ。奉安殿《ほうあんでん》のなかった学校では、天皇陛下の写真は押入れにかぎをかけてしまってあったのだ。

仁太の家の押入れの壁が落ちたことは、それを思いださせたのであった。若い女先生は、思いだすたびに笑わずにいられなかったのであるが、そんな言いわけをよろずやのおかみさんに聞いてももらえず、だまって歩いた。涙がこぼれている今でさえ、その話はおかしい。しかしそのおかしさを、よろずやのおかみさんのことばは、差し引きしてつりをとったのである。浜にでて歌でもうたわぬことには、先生も生徒も気持のやりばがなかった。浜におりると先生はすぐ、両手をタクトにして、歌いだした。

はるははよからかわべのあしに

「あわて床屋」である。みんながとりまいて、ついて歌う。

かにが　みせだし　とこやでござる
チョッキン　チョッキン　チョッキンナ

歌っているうちに、みんなの気持は、いつのまにか晴れてきていた。

うさぎゃおこるし　かにゃはじょかくし
しかたなくなく　あなへとにげる

おしまいまで歌っているうちに、失敗した蟹のあわてぶりが、じぶんたちの仲間がでてきたようなおもしろさで思いだされ、いつかまた、心から笑っている先生だった。「このみち」だの「ちんちん千鳥」だの、一学期中におぼえた歌をみんな歌い、「お山の大将」でひとやすみになると、生徒たちはてんでに走りまわり、おとなしく先生をとりまいているのは一年生の五、六人だけだった。手入れなどめったにしない乱れた髪の毛を、うしろでだんごにしている女の子もいるし、いがぐりが耳の上までのびほうだいの男の子もあった。床屋のない村では学校のバリカンがひどく役に立ち、それは男先生のうけもちだった。髪の毛をだんごにしている女の子のほうは、女先生が気をくばって、水銀《すいぎん》軟膏《なんこう》をぬりこんでやらねばならない。さっそく、明日はそれをやろうと思いながら先生

は立ちあがり、

「さ、今日はこれでおしまい。帰りましょう。」

はたはたとスカートの膝をはらい、一足うしろにさがったとたん、きゃあっと悲鳴をあげてたおれた。落とし穴に落ちこんだのだ。いっしょに悲鳴をあげたもの、げらげら笑いながら近よってくるもの、手をたたいてよろこぶもの、おどろいて声をのんでいるもの、そのさわぎのなかから、先生はなかなか立ちあがろうとしなかった。横なりに、くの字にねたまま、砂の上に髪の毛をじかにくっつけている。笑ったものも、手をたたいたものも、だまりこんでしまった。異様なものを感じたのだ。つぶった両の目から涙が流れているのを見ると、山石早苗が急に泣きだした。その泣き声にはげまされでもしたように「だいじょうぶ。」といいながらやっと半身をおこした先生は、そうっと穴の中の足を動かし、こわいものにさわるようなようすで、靴のボタンをはずし右の足くびにふれたと思うと、そのままた横になってしまった。もう起きあがろうとはしない。

やがて、目をつぶったまま、

「だれか、男先生、よんできて。おなご先生が足の骨折って、歩かれんて。」

蜂《はち》の巣をつついたような大さわぎになった。大きな子供たちがどたばたかけだしていったあとで、女の子はわあわあ泣きだした。まるで半鐘《はんしょう》でも鳴りだしたように、村中の人がとびだして、みんなそこへかけつけてきた。まっさきにきた竹一の父親は、うつむいてねている女先生に近よって、砂の上にひざをつき、

「どうしました、先生。」

と、のぞきこんだ。しかし、先生は顔をしかめたまま、ものがいえないらしい。子どもたちからきかされて、足のけがだとわかると、少し安心したようすで、

「くじいたんでしょう。どれどれ。」

足もとの方にまわり、靴をぬがせにかかると、先生は、うっと声を出してますます顔をしかめた。靴のあとをくっきりとつけて、先生の足くびは、二倍もの太さになったかと思うほどはれていた。血は出ていなかった。

「冷やすと、よかろうがな。」

もう大ぜい集まってきている人たちにいうと、徳田吉次のお父つぁんが、いそいでよごれた腰の手ぬぐいを潮水《しおみず》にぬらしてきた。

「いたいんですかい、ひどく?」

かけつけた男先生にきかれて、女先生はだまってうなずいた。

「歩けそうにないですかい？」

また、うなずいた。

「一ぺん、立ってみたら？」

だまっている。西口ミサ子の家からミサ子の母親が、うどんこと卵をねったはり薬を布にのばしてもってきた。

「骨は、折れとらんと思いますが、早く医者にかかるか、もみりょうじしたほうがよろしいで。」

「もみ医者なら中町の草加《くさか》がよかろう。骨つぎもするし。」

「草加より、橋本外科《げか》のほうが、そりゃあよかろう。」

口ぐちにいろんなことをいったが、なにをどうするにも岬の村では外科の医者も、もみりょうじもなかった。たった一つはっきりしていることは、どうしても先生は歩けないということだった。あれこれ相談のけっか、舟で中町までつれてゆくことになった。漁師の森岡正の家の舟で、加部小ツルのお父さんと竹一の兄がこいでゆくことに話がきまった。男先生はついてゆくことになり、女先生をおんぶして舟にのった。坐《すわ》らせたり、おぶったり、ねかせたりするたびに、女先生のがまんした口から思わずうなり声が出た。

舟が渚《なぎさ》をはなれだすと、わあっと、女の子の泣き声がかたまってとんできた。

「せんせえ。」

「おなごせんせえ。」

声をかぎりにさけぶものもいる。小石先生は身動きもできず、目をつぶったまま、だまってその声におくられた。

「せんせえ。」

声はしだいに遠ざかり、舟は入り海のまん中に出た。朝、魔法の橋をかけた海を、先生は今、痛さをこらえながら、かえってゆく。

三　米五ン合《ごう》豆一升《しょう》

十日すぎても、半月たっても女先生は姿を見せなかった。職員室の外の壁にもたせてある自転車にほこりがたまり、子どもたちはそれをとりまいて、しょんぼりしていた。もう小石先生はこないのではないかと考えるものもあった。本校がよいの生徒にしてもそうだ。先生の自転車がどれほど毎日のはげみになっていたか、めいめいが、長い道中どれほど小石先生の姿をまっていたか、小石先生にあわなくなってから、そう思った。村の人にしても同じだった。だれがどうというのではなく、不当につらくあたっていたことを、ひそかに悔いているようだった。なぜなら、小石先生の評判がきゅうによくなったのだ。

「あの先生ほど、はじめから子どもにうけた先生は、これまでになかったろうな。」

「早うなおってもらわんと、こまる。岬の子どもが、先生をちんばにして、てなことになると、こまるもん。あとへ来手《きて》がなかったりすると、なおこまる。」
「ちんばになんぞ、ならにゃえいがなァ。若い身空《みそら》で、ちんばじゃ、なおっても、かようにこまるじゃろな。」
こんなふうに女先生の噂をした。どうしてももういちど岬の学校へきてもらいたい気持がふくまれていた。きてもらわないと、ほんとに困るのだ。直接に、もっとも困ったのは男先生だった。小さな村の小学校では、唱歌は一週一度だった。その一時間を、男先生はもてあましたのだ。女先生が休みだしてから、はじめのうちは、ならった歌を合唱させたり、じょうずらしい子どもに独唱させたりした。そうしてひと月ほどはすんだが、いつまでもごまかすわけにもゆかず、そこで男先生はとうとうオルガンのけいこをはじめ、そのために汗を流した。先生は声をあげて歌うのである。

ヒヒヒフミミミ　イイイムイ――

ドドドレミミミ　ソソソラソ――と発音するところを、年よりの男先生はヒヒヒフミミミ――という。それは昔、男先生が小学校のときにならったものであった。

ミミミミフフフ　ヒヒフミヒ――

唱歌は土曜日の三時間目ときまっている。うれしくたのしく歌ってわかれて、日曜日をむかえるという寸法の時間割であったのが、子どもにとっても先生にとっても、きゅうにおもしろくない土曜日の三時間目になってしまった。男先生にとっては、なおのことである。木曜日ごろになると、もう男先生は土曜日の三時間目が気になりだし、そのために、きゅうに気短かになって、ちょっとのことで生徒にあたりちらした。わき見をしたといっては叱《しか》りつけ、わすれものをしてきた生徒をうしろに立たせた。

「男先生、このごろ、おこりばっかりするようになったな。」

「すかんようになったな。どうしたんじゃろな。」

子どもたちがふしぎがるそのわけを、一ばんよく知っている男先生の奥さんは、ひそかに心配して、それとなく男先生を助けようとした。金曜日の夜になると、奥さんは内職の麦稈真田《ばっかんさなだ》をやめてオルガンのそばに立ち、先生をはげました。

「わたしが生徒になりますわ。」

「うん、なってくれ。」

豆ランプがちろちろゆらぎながら、オルガンと、二人の年より夫婦の姿をてらしているところは、もしも女の子がこれを見たら、ふるえあがりそうな光景である。やみと光りの交錯《こうさく》のなかで先生と奥さんは歌いかわしていた。

ヒヒヒフ　ミミミ　イイイムイ

奥さんだけが歌い、それにオルガンの調子があうまでにはだいぶ夜もふけた。村はもう一軒のこらず寝しずまっていることで、かえって気がねでもしているように、奥さんは豆ランプを消してから足さぐりで部屋にもどりながら、ほうっとためいきをし、ひそやかに話しかけた。

「おなご先生も、えらい苦労かけますな。」

「うん。しかし、むこうにすりゃあ、もっと苦労じゃろうて。」

「そうですとも。あんたのオルガンどころじゃありませんわ。足一本折られたんですもん。」

「もしかしたら、大石先生はもう、もどってこんかもしれんぞ。先生よりも、あの母親のほうが、えらいけんまくだったもんな。かけがえのない娘ですさかい、二度とふたたび、そんな性《しょう》わるの村へは、もうやりとうありません、いうてな。」

「そうでしょうな。しかし、こられんならこられんで、代《かわ》りの先生がきてくれんと困りますな。」

人にきかれたら困るとでもいうようにないしょ声でいって、うらめしそうに、ちらりと海のむこうを見た。一本松の村も静かにねむっているらしく、星くずのような遠い灯《ひ》がかすかにまたたいている。こんな夜ふけに、こんな苦労をしているのはじぶんたちだけだと思うと、女先生がうらめしかった。

あれ以来、奥さんもまたひと役かって、四年生五人の裁縫をうけもっていたのだ。しかし、雑巾さしの裁縫はちっとも苦労ではなかった。まるで手まりでもかがるように、ていねいにさすのを、一時間のあいだ、かわるがわるにみてやればそれですむ。だが、唱歌だけは、なんとしてもオルガンがむつかしい。オルガンは、裁縫するようには手が動かないからだ。それを一生けんめい、ひきこなそうとする男先生の勉強ぶりは、奥さんにとっては、神々《こうごう》しいようでさえあった。十月だというのに、男先生は、たらたら汗を流していた。外へきこえるのをはばかって、教室の窓はいつもしめてあったから、汗はよけい流れた。

先生ならばオルガンぐらいひけるのがあたりまえなのだが、なにしろ、小学校を出たきり、努力ひとつで教師になった男先生としては、なによりもオルガンがにが手であった。田舎のこととて、どこの学校にも音楽専任の先生はいなかった。どの先生もじぶんの受けもちの生徒に、体操も唱歌も教えねばならない。そんなこともいやで、じぶんからたのんで、こんなへんぴな岬へきたのであったのに、今になってオルガンの前で汗を流すなど、オルガンをたたきつけたいほど腹が立った。

しかし、今夜はそうではなかった。奥さんひとりの生徒にしろ、ひき手と歌い手の調子が合うところまでいったのだ。そんなわけで、男先生のほうは、わりとごきげんだった。そこで奥さんにむかって、少し鼻をたかくした。

「おれだって、ひく気になればオルガンぐらい、すぐひけるんだよ。」

奥さんもすなおにうなずいた。

「そうですとも、そうですとも。」

大石先生が休みだしてから、明日は六回目ぐらいの唱歌の時間になる。男先生にとっては、明日の唱歌の時間がたのしみにさえなってきた。

「きっと生徒が、びっくりするぞ。」

「そうですね。男先生もオルガンがひけると思うて、見なおすでしょうね。」

「そうだよ。ひとつ、しゃんとした歌を教えるのも必要だからな。大石先生ときたら、あほらしもない歌ばっかり教えとるからな。「ちんちんちどり」、だことの、「ちょっきんちょっきん　ちょっきんな」、だことの、まるで盆《ぼん》おどりの歌みたよな柔《やお》い歌ばっかりでないか。」

「それでも、子どもはよろこんどりますわ。」

「ふん。しかし女の子ならそれもよかろうが、男の子にはふさわしからぬ歌だな。ここらでひとつ、わしが、大和魂《やまとだましい》をふるいおこすような歌を教えるのも必要だろ。生徒は女ばっかりでないんだからな。」

奥さんの前で胸をはるようにして、ことのついでのように、今のさっきまで二人でけいこをした唱歌を歌った。

「チンびきのいわは、おンもからずゥ――。」

「しっ、人がきいたら、気ちがいとおもう。」

奥さんはびっくりして手をふった。

そして、いよいよあくる日、唱歌の時間がきても、生徒はのろのろと教室にはいった。どうせ、今日もまた、オルガンなしに歌わされるのだと思って、はこぶ足もかるくなかったのだろう。小石先生だと、土曜日の二時間目が終ると、そのままひとり教室にのこって、オルガンを鳴らしていたし、三時間目の板木が鳴るとともに行進曲にかわり、みんなの足どりをひとりでに浮き立たせて、しぜんに教室へみちびいていた。どんなにそれがたのしかったことか、みんな、心のどこかにそれを知っていた。口ではいえない、それはうれしさであった。だから、小石先生がこなくなった今、口ではいえないものたりなさが、みんなの心のどっかにあった。それを、気づくというほどでなく、みんなは気づいていたのだ。

「先生は聞き役しとるから、みんなすきな歌うたえ。」

オルガンなど見向きもせずに、男先生はそういうのだ。歌えといわれても、オルガンが鳴らぬと歌はすぐには出てこなかった。出てきても調子っぱずれだったりする。ところが、今日は少しちがう。教室にはいると男先生はもう、オルガンの前にちゃんと腰かけてまっていた。女先生とは少し調子がちがうが、ブブーと、おじぎのあいずも鳴った。みんなの顔に、おや？といういろが見えた。二枚の黒板には、いつも女先生がしていたように、右側には楽譜が、左側には今日ならう歌がたてがきに書かれていた。

千引《ちびき》の岩《いわ》

千引《ちびき》の岩《いわ》は重《おも》からず
国家《こっか》につくす義《ぎ》は重《おも》し
事《こと》あるその日《ひ》、敵《てき》あるその日《ひ》

ふりくる矢《や》だまのただ中《なか》を
おかしてすすみて国《くに》のため
つくせや男児《だんじ》の本分《ほんぶん》を、赤心《せきしん》を

漢字には全部ふりがながうってある。男先生はオルガンの前から教壇にきて、いつもの授業のときのように、ひっちく竹の棒の先で、一語一語を指《さ》ししめしながら、この歌の意味を説明しはじめた。まるで修身の時間のようだった。いくらくりかえして、この歌の深い意味をとき聞かしても、のみこめる子どもは幾人もいなかった。一年生がまっさきに、二年生がつづいて、がやがや　がやがや。三年生と四年生の中にも、こそこそこそこそ　ささやき声がおこった。と、とつぜん、ぴしっ！　とひっちく竹が鳴った。教壇の上の机をはげしくたたいたのである。とたんに、ざわめきはやみ、鳩のような目がいっせいに男先生の顔をみつめた。男先生はきびしく、しかし一種のやさしさをこめて、

「大石先生は、まだとうぶん学校へ出られんちゅうことだから、これから、男先生が唱歌もおしえる。よくおぼえるように。」

そういったかと思うと、オルガンのほうへゆき、うつむきこんでしまった。まるでそ

れは恥《は》ずかしがってでもいるようにみえた。しかもその姿勢で男先生は歌いだしたのである。

「ヒヒヒフミミミ　イイイムイ　はいッ。」

生徒たちはきゅうに笑いだしてしまった。ドレミハを、男先生は昔流に歌ったのである。しかし、いくら笑われても、今さらドレミハにして歌う自信が男先生にはなかった。そこでとうとう、ヒフミヨイムナヒ(ドレミの音階)からはじめて、男先生流に教えた。そうなるとなったで、生徒たちはすっかりよろこんだ。

――ミミミミフフフ　ヒヒミヒー　フーフフフヒミイ　イイイイムイミ……

これでは、まるで気ちがいが笑ったり怒ったりしているようだ。たちまちおぼえてしまって、その日から大はやりになってしまった。だれひとり、その勇壮活発な歌詞をうたって男先生の意図《いと》に添《そ》おうとするものはなく、イイイイ　ムイミーと歌うのだった。

それからまた、何度目かの土曜日、やっぱり「千引の岩」をうたわされての帰り道であった。一年生の香川マスノは、ませた口ぶりで、いっしょに歩いていた山石早苗にささやいた。

「男先生の唱歌、ほんすかん。やっぱりおなご先生の歌のほうがすきじゃ。」

そういってからすぐ、女先生におそわったのを歌い出した。

早苗も、小ツルもいっしょにつづけてうたった。

　やまの　かーらーすゥが　もってェきイたァ――

　あかい　ちいさーな　じょうぶくろ……

お昼きりの一年生の女の子ばかりがかたまっていた。

「おなご先生、いつんなったら、くるんじゃろなあ。」

マスノの目が一本松のほうへむくと、それにさそわれてみんなの目が一本松の村へそそがれた。

「おなご先生の顔、見たいな。」

そういったのは小ツやんの加部小ツルである。通りかかったソンキの岡田磯吉と、キッチンの徳田吉次が仲間にはいってきて、口まねで、

「おなご先生の顔、みたいな。」

いつしか、それは実感になってしまったらしく、立ちどまっていっしょに一本松のほうを見た。

「おなご先生、入院しとるんど。」

ソンキが聞いたことを聞いたとおりにいうと、小ツやんが横どりして、

「入院したのは、はじめのことじゃ。もう退院したんど。うちのお父《とっ》つぁん、昨日道で先生に会《お》うたいよったもん。」

それで小ツルは、だれよりもさきに顔が見たいと思いついたらしい。チリリンヤの彼女の父親は、船と陸と両方の便利屋だった。昨日は大八車をひいて町までいったのである。すくなくも一日おきぐらいに、入り江をとりまく町や村をたのまれた用たしでぐるぐるまわってくるチリリンヤは、船や車にいろんな噂話《うわさばなし》もいっしょに積みこんでもどってきた。大石先生のけががアキレス腱《けん》がきれたということも、二、三か月はよく歩けまいということも、それらはみんな、腰に鈴をつけて歩きまわっているチリリンヤが聞いてきたものだった。

「そんなら、もうすぐに、先生くるかしらん。早うくるとええけんどな。」

早苗が目をかがやかすと、小ツルはまたそれを横どりして、

「こられるもんか。まだ足が立たんのに。」

そして小ツルは、少し調子にのって、

「おなご先生ん家《く》へ、いってみるか、みんなで。」

いっておいて、ぐるっと、ひとりひとりの顔を見まわした。竹一も、タンコの森岡正も、仁太もいつのまにか仲間入りしていた。しかし、だれひとり、すぐには小ツルの思いつきにさんせいするものはなかった。ただだまって一本松のほうを見ているのは、そこまでの距離が、自分たちの計算では見当がつかなかったからだ。片道八キロ、大人のことばで二里という道のりは、一年生の足の経験でははかりしれなかった。とほうもない遠さであり、海の上からは一瞬で見わたす近さでもある。ただ氏神《うじがみ》さまより遠いということは、少しこわかった。彼らはまだ、だれひとり一本松まで歩いていったものがないのだ。その途中にある本村の氏神さまへは、毎年の祭に、歩いたり、船にのったりしてゆくのだが、そこから先がどのくらいなのか、だれも知らない。たったひとり仁太が、ついこないだ一本松より一つ先の町へいったことがある。しかしそれは、氏神さまの下からバスにのって、一本松のそばを通ったというだけのことだった。それでもみんなは、仁太をとりまいた。

「仁太、氏神さまから一本松まで、何時間ぐらいかかった？」

すると仁太は、得意になって、あおばなをすすりもせずに、

「氏神さまからなら、すぐじゃった。バスがな、ぶぶうってラッパ鳴らしよって、一

本松のとこ突っ走ったもん。まんじゅう一つ食うてしまわんうちじゃったど。」

「うそつけえ、まんじゅう一つなら、一分間でくえらァ。」

竹一がそういうと、川本松江が西口ミサ子に、「なあ」と同意をもとめながら、

「なんぼバスが早うても、一分間のはずがないわ、なァ。」

みんなの反対にあうと、仁太はむきになり、

「そやってぼく、氏神さまのとこで食いかけたまんじゅうが、バスをおりてもまだ、ちゃんと手に持っとったもん。」

「ほんまか?」

「ほんまじゃ。」

「ゆびきりじゃ、こい。」

「よし、ゆびきりするがい。」

それで、みんなは安心をした。仁太が生まれてはじめてのったバスのめずらしさに、まんじゅうを食べるのも忘れて、運転手の手もとを見ていたなど、だれも考えなかった。ただ、ともかくも仁太だけがバスにのったことと、一本松のまだつぎの町でおりるまで、まんじゅう一つを食べるまがなかったことと、この二つからわりだして、氏神さまから

一本松までの遠さを、たいしたことではないと思った。たとえ自転車にのってとはいえ、女先生は毎日、あんなに朝早く、一本松からかよっていたではないか。と、そんなことも遠さとしてより、近さとしてみんなの頭に浮かんだらしい。そんな気持の動いているときに、対岸《たいがん》の海ぞい道にバスが走っているのが見えたからたまらない。小さく小さくみえるバスは、まったく、あっというほどのまに走って林の中へ姿を消した。

「ああ、行きた！」

マスノがとんきょうに叫んだ。なんということなく男の子にさえ力をもっているマスノの一声である。

「いこうや。」

「うん、いこう。」

正と竹一がさんせいした。

「いこう、いこう。走っていって、走ってもどろ。」

「そうじゃ、そうじゃ。」

小ツルと松江がとびとびして勇みたった。だまっているのは早苗と、片桐コトエだけである。早苗はもちまえの無口からであったが、コトエのほうは複雑な顔をしていた。

家のことを思いだしていたのであろう。

「コトやん、いかんの?」

小ツルがとがめだてるようにいうと、コトやんはますます不安な表情になり、

「祖母《おばん》に、問うてから。」

その小さな声には自信がなかった。一年生のコトエをかしらに五人きょうだいの彼女は、背中にいつも子どものいないことがなかった。数え年五つぐらいから彼女は子守り役を引きうけさせられていたのだ。家へ帰って相談すれば、とてもゆるされる見こみはなかった。そしてまた、それは早苗や松江や小ツルも同じであった。みんな、しゅんとして顔を見あった。数え年十歳になるまでは遊んでもよいというのが、昔からの子どもの掟《おきて》のようになっていたが、遊ぶといっても、それはほんとうに自由に遊ぶのではなく、いつも弟や妹をつれたり、赤ん坊をおんぶしてのうえでのことだった。ほんとに、すき勝手に遊んでよいのはひとりっ子のマスノとミサ子だけだ。

コトエの一言はみんなにそれを思いださせたが、しかし、思いとどまることはできない空気だった。

「めし食べたら、そうっとぬけだしてこうや。」

小ツルが、乗りかかった船だとでもいうように、みんなをけしかけた。

「そうじゃ、みんなうちの人にいうたら、行かしてくれんかもしれん。だまっていこうや。」

竹一が知恵をめぐらしてそう決断した。こうなるともう、だれひとり反対するものはなく、秘密で出かけることがかえってみんなをうきうきさせた。

「そうっとぬけだしてな、波止《はと》の上ぐらいからいっしょになろう。」

正がそういうと、総帥格《そうすいかく》のマスノはいっそうこまかく頭をつかい、

「波止の上は、よろずやのばあやんに見つかるとうるさいから、藪《やぶ》のとこぐらいにしようや。」

「それがえい。みんな、畑の道とおってぬけていこう。」

めいめい、きゅうにいそがしくなった。

「ほんまに、走っていって、走ってもどらんかな。」

念をおしたのはコトエである。みんなが走って帰ってゆくあとから、コトエは考え考え歩いた。どう考えても、だまってぬけだす工夫はないように思えた。じぶんだけはやめようか。しかしそれはできない。そんなことをしたら、明日からだれも遊んでくれな

いかもしれぬと思った。のけものになるのはいやだ。だまってぬけだせたとしても、あとでおばんやお母さんに叱られるのもいやだ。

赤んぼなんぞ、なければよかった。

そう思うと、いつもはかわいい赤ん坊のタケシの顔がにくらしくなり、一日ぐらい、ほったらかしたくなった。彼女の足はきゅうにあともどりをし、畑のほうへ歩いていった。藪が見えだすと走った。だれかに見つかりそうで、どきどきした。

二時間後のことである。子どもについてまっさきに心配しだしたのはコトエのおばんであった。

「腹もへろうのに、なにこそしよるやら。」

はじめはひとり言をいった。もどればタケシをコトエの背中にくくりつけておいて、おばんは畑へ二番ささげをつみにゆく手はずになっているのに、コトエは帰らないのだ。学校へ見にいったところで、今ごろいるはずもないと思い、赤ん坊と結《ゆわ》いひもをもって、いちばん仲よしの早苗のところへのぞきにいった。てっきりそこで遊びほうけていると思ったのだ。

「こんにちは。うちのコトは、きとらんかいの？」

もちろんいるわけがない。それどころか早苗もまだ帰らないというのだ。帰りに荒神《こうじん》さまをのぞいてみたが、杉の木かげに遊んでいたのはコトエより少し大きい子や、小さい子ばかりだった。だれにともなく大声で、

「おまえら、うちのコト、知らんかいの？」

「しらんで。」

「一ぺんも、今日は見んで。」

「早苗さん家《く》とちがうか。」

いろんな返事が矢つぎ早にとんできた。それはみな腹の立つ返事ばかりだった。

「しょうのないやつじゃ、ほんまに。見つけたら、すぐもどれいよったと、いうておくれ。」

おばんは、ひょいと投げるようにして赤ん坊を背中にやり、まだわかりもしない赤ん坊に話しかけた。

「姉《ねえ》やんは、どこへうせやがったんじゃろな。コトのやつめ、もどってきたら、どやしつけてやらんならん。」

しかし、昼飯もまだなのを思うと、少し心配になった。心配しいしい土間《どま》でぞうりを作っていると、川本大工のおかみさんが、気ぜわしそうな足どりでやってきた。

「こんちは、えいお天気で。うちのマツを見にきたんじゃけんど、見えんなあ。」

それを聞くと、コトエのおばんはぞうり作りの手をおいて、

「マッちゃんもかいな。昼飯も食べんと、どこをほっつき歩きよんのかしらん。」

「うちのマツは昼飯はたべにもどったがいな。箸おいて、用ありげに立っていって、すぐもどるかと思や、もどってきやせん。」

コトエのおばんはきゅうに心配になってきた。もうぞうりどころでなかった。大工のおかみさんが、さがしてくるといって帰ったあとも、心配はだんだんひろがってくるばかりだった。出たり入ったり、立ったり坐ったり、おちつかなかった。

――無理もない。あそびたいさかりじゃもん。毎日子守りばっかりじゃあ、謀反《むほん》もおこしたかろう……

ぽとんと涙が落ちた。その涙でかすんだ目に、小さいときから子守りばかりさせたためか、出《で》っ尻《ちり》になってしまった幼いコトエのかわいそうな姿が浮かんできて消えなかった。

——それにしても、どこで、なにをしているのかしらん。今日は若いもんまでがおそいなあ……

外に出て沖《おき》をながめた。鯵漁《あじりょう》に出ているコトエの両親たちの帰りまでが、今日はとくべつおそいように、おばんには思えた。

「まだ、もどってこんかえ。」

大工のおかみさんの三度目の声がかかるまでに、小ツルの姉と、早苗の弟と、富士子の母親とが、めいめいの家の娘をあんじてみにきた。まもなく一年生の全部がいないとわかり、やがて本校帰りの生徒のひとりが、八幡堂という文房具屋のそばでみんなを見かけたというのをきいて、やっと心配は半分になった。それだけに噂は村中にひろがり、てんでにかってなことをいいあった。

「芝居がきたというから、行ったんじゃないかな。」

「銭《ぜに》もないのに、どうして。」

「のぼりやかんばんでも、口あけて見よるかもしれん。」

「子どもっちゃ、ものずきなことやの。」

一年生の家の者も今は半分笑顔で話しあった。

「いんま、腹へらして、足に豆こしらえて、もどってくるわいの。」

「どんな顔して、もどってくるかしらん。阿呆《あほ》くらいが。」

「もどったら、おこったもんかいの、おこらんほうがよかろうか。」

「ほめるわけにゃ、いくまいがのう。」

こんなのんきそうなことがいえたのも、ソンキの兄や、仁太や富士子の父親たちが迎えに出むいた安心からであった。それにしても、だれひとり大石先生を思いださなかったとは、なんとしたうかつさだったろう。

三人の出迎え人は、本村にさしかかると、これはと思う人に行きあうたびにたずねた。

「ちょっとおたずねですがな、お昼すぎごろに、七八《ななやっ》つぐらいの子どもらが十人ほど通ったのを、見ませなんだかいな。」

同じことを何べんくりかえしたろう。

そこで、子どもたちはどうしていたろう。

藪の上へまっさきについたのは、いうまでもなくコトエだった。コトエはそこで、草むらに学校の包みをかくして、みんなをまった。吉次とソンキが先をあらそうように走ってきた。つづいて竹一と正と。いちばんおくれてきたのは富士子と仁太であった。仁太は用心ぶかく、シャツやズボンの四つのポケットを、そら豆の煎《い》ったのでふくらましていた。家にあっただけみんな持ってきたのだという。それを気前よくみんなに少しずつ分けてやりながら、いちばんうれしそうな顔をしていた。ぽりぽりいり豆をかみながら一行《いっこう》は出発した。

「おなご先生、びっくりするど。」

「おう、よろこぶど。」

コトエひとりは先頭に立ってみんなをふりかえった。走っていって走って帰るはずなのに、だれもかれものんびりと歩いていると思った。行けばわかるのに、みんな口ぐちに女先生のことばかりいっている。

「おなご先生、ちんばひいて歩くんど。」

「おなご先生の足、まだ痛いんかしらん。」

「そりゃ痛いから、ちんばひくんじゃないか。」

するとソンキは、ちょこちょこと前にすすみ、

「な、みんな。アキレスはここじゃど。この太い筋が、切れたんど。」

じぶんのアキレス腱のあたりをさすってみせ、

「こんなとこがきれたんじゃもん、痛うのうて。」

ようやくみんなの足は早くなっていった。子どもたちだけでこの道を歩くのは、はじめてだった。山ひだを一つすぎるごとに新しい眺めがあらわれて、あきなかった。岬を横ぎり、入り海ぞいの道にかかると、一本松の村はななめうしろに遠のく。それだけ近くなっているのが、うそのような気がして心細くなったが、だれも口には出さない。やがて、はるかかなたに本校がえりの生徒のかたまりがみえた。みんな、はっとして顔を見あわせた。

「かくれ、かくれ。大いそぎで。」

マスノの一声は、あとの十一人を猿のようにすばしこくさせ、萱山《かややま》の中へ走りこませた。がさがさと音がして萱がゆれた。

「じっとして！　音さしたらいかん。」

マスノがうすいくちびるをそらして、少しつった切れ長の目にものをいわせると、竹一や正までが声もからだもひそめてしまった。みんなの背の倍もありそうな笹萱《ささがや》の山は、十二人の子どもをかくしてさやさやと鳴った。しかし気づかれずに大きな生徒たちをやりすごせたのは、じつにマスノの機転であった。彼女ににらまれると、みんなは猫のようにおとなしくなるのだ。

岬の道を出て、いよいよ本村にはいるころから、みんなはしぜんと小声にしゃべっていた。一本松の村までには幾つかの町や村の、たくさんの部落があった。大小のその村むらをすぎては迎え、すぎてはまた迎え、あきるほどそれをくりかえしても、一本松はなかなかこなかった。岬の村からみれば、あんなに近かった一本松、目の前に見えていた一本松、それが今は姿さえも見せない。八キロ、大人のいう二里の遠さを足の裏から感じだして、だんだんだまりこんでいった。行きあう人の顔も、見おぼえがなかった。まるで遠い国へきたような心細さが、みんなの胸の中にだんだん、重石《おもし》のようにしずんでゆく。

もう一つ、はなをまわれば一本松は目の前にながめられることを、だれもしらないのだ。きいてもらちのあかぬ仁太にきくことも、もうあきらめてしまって、ただ前へ前へとひと足でも進むよりほかなかった。竹一とミサ子はまっさきにぞうりをきらし、きれぬ片方をミサ子にやって、竹一ははだしになっていた。吉次も正もあやしかった。だれも一銭ももっていないのだ。ぞうりは買えるわけがない。はだしで帰らねばならないだろうことは、歩いてきた道の遠さと考えあわせて、ぞうりのきれかけたものの気持はよけいみじめだった。

とつぜん、コトエが泣きだしてしまった。昼めしぬきの彼女は、つかれかたもまたはやかったろうし、がまんできなくなったのだろう。道ばたにしゃがんで、ええンええンと声を出して泣いた。すると、ミサ子と富士子がさそわれて、しくしくやりだした。みんなは立ちどまって、ぽかんとした顔で泣いている三人を見ていた。じぶんたちも泣きたいほどなのだ。元気づけてやることばなど、出てこなかった。きびすをかえせばよいのだ。もう帰ろうや、とだれかがいえばよいのだ。しかしだれも、それさえいいだす力がなかった。マスノや小ツルさえ、困惑《こんわく》の色を浮かべていた。彼女たちにしても、泣きだしたかったのだ。しかし泣けなかった。いっそ、みんなで泣きだせば、どこからか救いの手がのべられるだろうが、それにも気がつかなかった。

初秋の空は晴れわたって、午後の陽《ひ》ざしはこの幼い一団を、白くかわいた道のまん中に、異様さをみせてうしろから照らしていた。家へ帰りたい気持はしぜんにあらわれて、知らずしらず歩いてきた道のほうを向いて立っていたのである。その前方から、警笛《けいてき》とともに、銀色の乗合バスが走ってきた。瞬間、十二人は一つの気持にむすばれ、せまい道ばたの草むらの中に一列によけてバスを迎えた。コトエさえもう泣いてはいず、一心にバスを見まもっていた。もうもうと、煙のように白い砂ぼこりをたてて、バスは目の前を通りすぎようとした。と、その窓から、思いがけぬ顔がみえ、

「あら、あら！」

といったと思うと、バスは走りぬけた。大石先生なのだ。

わあッ！

思わず道へとびだすと、歓声《かんせい》をあげながらバスのあとを追って走った。新しい力がどこからわいたのか、みんなの足は早かった。

「せんせえ。」

「おなごせんせえ。」

途中でバスがとまり、女先生をおろすとまた走っていった。松葉杖《まつばづえ》によりかかって、みんなをまっていた先生は、そばまでくるのをまたずに、大きな声でいった。

「どうしたの、いったい。」

走りよってその手にすがりつきもならず、なつかしさと、一種のおそろしさに、そばまでゆけず立ちどまったものもあった。

「先生の、顔みにきたん。遠かったあ。」

仁太が口火をきったので、それでみんなも口ぐちにいいだした。

「みんなでやくそくして、だまってきたん、なあ。」

「一本松が、なかなか来んので、コトやんが泣きだしたところじゃった。」

「せんせ、一本松、どこ？　まだまだ？」

「足まだ痛いん？」

笑っている先生の頰を涙がとめどなく流れていた。なんのことはない、一本松も先生の家も、すぐそこだとわかると、また歓声があがった。

「ほたって、一本松、なかなかじゃったもんなあ。」

「もう去《い》のうかと思たぐらい遠かったな。」

松葉杖をとりまいて歩きながら先生の家へゆくと、先生のお母さんもすっかりおどろいて、きゅうにてんてこまいになった。かまどの下をたきつけるやら、何度も外に走りだすやら。そうして一時間ほども先生の家にいただろうか。そのあいだにキツネうどんをごちそうになり、おかわりまでするものもいた。先生はよろこんで、記念《きねん》の写真をとろうといい、近所の写真屋さんをたのんで、一本松まで出かけた。

「もっと、みんなの顔みていたいけど、もうすぐ日がくれるからね。うちの人、心配してるわよ。」

帰りたがらぬ子どもらをなだめて、やっと船にのせたのは四時をすぎていた。短い秋の日はかたむいて、岬の村は、何ごともなかったかのように、夕ぐれの色の中に包まれようとしていた。

「さよならア。」

「さよならア。」

松葉杖で浜に立って見おくっている先生に、船の上からはたえまなく声がかかった。三人の大人たちが町から村をさがしまわっているとき、十二人の子どもは、思いがけぬ道を通って村へもどった。

わあい！

やあい！

時ならぬ沖合《おきあい》からの叫びに、岬の村の人たちは、どぎもをぬかれたのである。叱ってはみても、けっきょくは大笑いになって、大石先生の人気はあがった。

その翌々日、チリリンヤの大八車には、めずらしい荷物が積みこまれた。あんまりこまかいので、チリリンヤはそれをリンゴの空箱《あきばこ》にまとめて村を出ていった。道みち、いろんな用たしをしながら一本松までくると、リンゴの箱をそのままかついで歩きだした。腰の鈴がリリンリリンと、足をかわすごとに鳴りつづけ、やがて、リッと鳴りやんだのが、大石先生の家の縁先である。チリリンヤのリンの音は、どこかから、なにかが届けられるときのあいさつである。いいわけは、あまり必要でなかった。

「はーい。米五ン合の豆一升。こいつは軽いぞ煮干《にぼし》かな。ほい、も一つ米一升の豆五ン合――。」

小さな袋《ふくろ》を幾つもとりだして縁側の板の間に積みかさねた。袋には名前が書いてある。それはみな、義理がたい岬の村から、大石先生への見舞いの米や豆だった。

四　わかれ

写真ができてきた。一本松を背景にして、松葉杖によりかかった先生を十二人の子どもたちが、立ったり、しゃがんだりしてとりまいている。磯吉、竹一、松江、ミサ子、マスノ、順々に見ていって仁太のところへくると、思わずふきだした。あんまり仁太がきばりすぎているからだった。つめている呼吸が、いまにも、ううとうもれて、うなりだしそうにかたくなっている。気をつけのその姿勢は、だれが見たって笑わずにいられるものではなかった。マスノとミサ子のほかは、生まれてはじめて写真をとったということで、だいたい、みんなかたくなっている。そのなかで仁太と吉次はとくべつであった。仁太とは反対に、身をすくめ、顔をそむけ、おまけに目をつぶっている吉次は、ふだんの小気さをそのまま映《うつ》しだされているようで、かわいそうにさえ思えた。

かわいそうにキッチン、こわかったんだろう、写真機の中から、なにがとびだすかと思ったんだろう……

ひとり写真をながめて笑っているところへ、本校の校長先生がきた。その声をきくと、こんどは大石先生のほうが、思わず気をつけのようになって玄関に出ていった。松葉杖ははなれていたが、まだまだびっこの歩きぶりを見ると、校長先生はちょっと眉《まゆ》をよせ、気のどくがった顔で見ていた。

「ひどい目にあいましたな。」

「はあ、でも、ずいぶんよくなりました。」

「いたいですか、まだ?」

返事にこまって答えられないでいると、校長先生がさいそくにきたとでも思ったらしく、お母さんがかわって答えた。

「いつまでもごめいわくをかけまして、すみません。もうずいぶんらくになったようですけど、なんしろ、自転車にのれないものですから、いつまでもぐずぐずしておりまして、はい。」

しかし校長先生のほうはそんなつもりではなく、見舞いがてら吉報をもってきたのであった。友人の娘である大石先生のことも、今日は名前でよんで、

「久子さんも片足犠牲にしたんだから、岬勤《みさきづと》めはもうよいでしょう。本校へもどってもらうことにしたんじゃがな、その足じゃあ、本校へもまだ出られんでしょうな。」

お母さんはきゅうに涙ぐんで、

「それは、まあ。」

といったぎり、しばらくあとが出なかった。思いがけない喜びであり、きゅうには礼のことばも出てこなかったのだ。それをごまかしでもするように、さっきから、やっぱりだまっている娘の大石先生に気がつくと、

「久子、久子、なんです。ぼんやりして。お礼をいいなさいよ。」

しかし、大石先生としては、せっかくのこの校長先生のはからいが、あんまりうれしくなかったのだ。これがもし、半年前のことならば、とびとびして喜んだろうが、今ではもう、そうかんたんに、いかない事情が生まれてきていた。だから、口をついて出たことばは、お礼ではなかった。

「あのう、もうそのこと、きまったんでしょうか。後任の先生のことも。」

まるでそれは、とんでもないといわぬばかりの口調である。

「きまりました。きのうの職員会議で。いけませんかい。」

「いけないなんて、それは、そんなことという権利ありませんけど、でもわたし、やっぱりこまったわ。」

そこにお母さんでもいたら、大石先生は叱りつけられたかもしれぬ。しかしお母さんは、茶菓子でも買いにいったらしく、出ていったあとだった。校長先生はにこにこ笑って、

「なにが困るんですか?」

「あの、生徒と約束したんです。また岬へもどるって。」

「こりゃおどろいた。しかし、どうしてかよいますかね。お母さんのお話だと、とうぶん自転車にものれんということだったので、そうはからったんですがね。」

もう、いいようがなかった。すると、岬の村がいっそうなつかしくなり、思わず未練《みれん》がましくいった。

「後任の先生は、どなたでしょう。」

「後藤先生です。」

「あら!」

お気のどくといいそうになってあわててやめた。後藤先生こそ、どうしてかようだろ

うとあんじられたのだ。もうすぐ四十で、しかも晩婚の後藤先生には乳《ち》呑《の》み子《ご》があった。じぶんよりは少し岬へ近い村の人とはいえ、一里半（六キロ）はあるであろう岬へ、寒さにむかってどうしてかようだろうかと思うと、その気のどくさと、じぶんの心残りとがごっちゃになって、急に眉をあげた。

「では、校長先生、こうしていただけませんでしょうか。わたしの足がすっかりなおりましたら、いつでも代りますから。それまで後藤先生にお願いすることにして……。」

いかにもよい思いつきだと思ったのだが、校長先生の返事は思いがけなかった。

「義理がたいことというなあ、久子さん。あんたがそないに気をつかわんでも、ちょうどよかったんだから。後藤先生は、すすんで岬を希望したんだから。」

「あら、どうしてですの？」

「いろいろ、あってね。老朽で来年はやめてもらう番になっていたところを、岬へいけば、三年ぐらいのびるからね。そういったら、よろこんで、承知しましたよ。」

「まあ、老朽！」

三十八や九で老朽とは？　まだ乳呑み子をかかえている女が老朽とは。あきれたような顔をしてことばをきった大石先生を、いつのまにか外から帰ってきたお母さんは、く

だものなど盛《も》った盆《ぼん》をさしだしながら、娘のぶえんりょさに気が気でなく、

「久子、なんですか、せっかくの校長先生のご好意に、ろくろくお礼もいわないで。だまって聞いてりゃ、さっきからおまえ、ヘソ曲りなことばっかりいうて……。」

そして校長先生の前に手をつき、

「どうもほんとに、わたしが行きとどきませんでな。つい、ひとりっ子であまえさせたらしく、失礼なことばっかり申しまして。これでも、学校のことだけはあなた、寝てもさめても考えとりますふうで、早く出たい出たいと申しとりましたんです。おかげさまで、本校のほうにかわらしていただけましたから、もう十日もしたら、バスにのって、かよえると思います。こんな、気ままものですけど、どうぞもう、よろしゅうお願いいたします。」

娘にいわせたいことを、ひとりでならべたてて、何度もぺこぺこ頭をさげた。そして、それとなく目顔であいずをしたが、大石先生はそしらぬ顔で、まだ後藤先生にこだわっていた。

「それで、もう後藤先生は、岬へかよってるんでしょうか？」

校長先生もまた、この少しふうがわりの、あまのじゃくみたいな娘を相手にして、お

もしろがっているようすで、

「そいつは、まだですがね。なんなら、もう一度職員会議をひらいて取り消してもよろしい。後藤先生は、がっかりするでしょうがなあ。」

お母さんひとりは、気をもみつづけ、はらはらしていた。そのお母さんにむかって、校長先生は、

「大石くんに、似たとこがありますな。一徹居士《いってつこじ》なところ。なにしろ彼は、小学生でストライキをやったんだから、前代未聞《ぜんだいみもん》ですよ。」

あっはっはと笑った。その話は、まえにも聞いたことがあった。なんでも、小学校四年生の父が、受けもちの先生に誤解されたことをおこって、級友をそそのかして一日ストをやったというのだ。同級生だった校長先生も、同情して、みんなでいっしょに村役場へ押しかけていって、先生をとりかえてくれといったのだという。今年の春、就職をたのみにいったとき、はじめて父の少年時代のことをきいて、母と子はいっしょに笑ったのである。ただ思い出話として笑って語られる父のことが、今の大石先生には、ふしぎと、まじめにひびいた。

校長先生が帰ったあとも、ひとりで考えこんでいる大石先生を、お母さんはいたわる

ように、

「でもまあ、よかったでないか、久子。」

しかし大石先生はだまっていた。そして晩の御飯もいつもよりたべなかった。夜おそくまで考えつづけたあげく、やっとお母さんにいった。

「よかったのかもしれないわ。わたしにも、後藤先生にも。」

それは「よかったではないか、久子。」といわれてから四時間もあとのことであった。

お母さんはほっとした顔で、

「そうとも、そうともお前、万事《ばんじ》都合《つごう》よくいったというものよ、久子。」

すると先生はまた、ややしばらく考えてから、はっきりいった。

「そんなこと、ぜったいにないわ。万事都合なんかよくならない。すくなくも後藤先生のためにはよ。だって、老朽なんて、失礼よ。」

この娘は気が立っているのだというふうに、お母さんはもうそれにさからおうとはしないで、やさしくいった。

「とにかく、もう寝ようでないの。だいぶふけたようじゃ。」

その翌朝、思いたった大石先生は、岬の村へ船で出かけた。船頭は小ツルの父親とおなじく、渡し舟をしたり、車をひいたりするのが渡世《とせい》の、一本松の村のチリリンヤであった。十月末の風のない朝だ。空も海も青々として、ひきしまるような海の空気は、両袖《りょうそで》で思わず胸をだくほどのひやっこさである。

「おお寒《さ》ぶ。もう袷《あわせ》じゃのう、おっさん。」

「なに、陽《ひ》があがりゃ、そうでもない。今が、いちばんえい季節じゃ。暑うなし、寒うなし。」

珍しく絣《かすり》のセルの着物に、紫紺《しこん》の袴《はかま》をつけている大石先生だった。ゴザをしいた船の胴《どう》の間《ま》に横いざりに坐《すわ》った足を、袴はうまくかくして、深い紺青《こんじょう》の海の上を、船は先生の心一つをのせて、櫓《ろ》音も規則ただしく、まっすぐに進んだ。二か月前に泣きながら渡った海を、今はまた、気おいたつ心で渡っている。

「なんせ、ひどい目をみたのう。」

「はあ。」

「若いものは、骨がやらこい（やわらかい）から、折れてもなおりが早い。」

「骨じゃないんで。筋ともちがう。アキレス腱、いうんじゃがのう。骨よりも、むつかしいとこで。」

「ほう、そんなら、なおいかん。」

「でも、ひどい目にあわすつもりでしたんじゃないさかい。怪我じゃもん、しょうがない。」

「そんな目に　おうても　わかれの　あいさつとは　気のえい　こっちゃい。ゆんとん　さんじゃい。」

船頭さんは櫓にあわせて短くことばをくぎりながら、「ゆんとん　さんじゃい」で、いっそう力を入れてこいだ。大石先生もくつくつ笑いながら、それにあわせて、

「そんなこと　いうても　たったの　一年生が　親にも　ないしょで　見舞いに　きたんじゃもん　いかんと　おれるかい　ゆんとん　さんじゃい。」

大石先生がきゃっきゃっと笑うと、船頭さんもいい気持らしく、

「ぎりと　ふんどしゃ　かかねば　なるまい　そういう　もんじゃよ　ゆんとん　さんかよ。」

もう大石先生は腹をかかえて、思うぞんぶん笑った。海の上ではだれも気にするものはなく、その笑い声まで櫓の音でくぎられながら、船はしだいに沖にすすみ、やがて対

岸の村へと近づいてゆく。まだ朝げの靄《もや》の消えきらぬ岬のはなは、もうとっくに今日の出発がはじまったらしく、小さな物音がしきりにひびいてきた。今ごろ、あの子どもたちはどうしているだろうか。自転車でかよっていたとき、よろずやの前にさしかかると、あわてて走りだしてきていた松江、よく、波止場の上まで出てきて待ちうけていたソンキ、三日に一度はちこくする仁太、おしゃまのマスノ、えんりょやの早苗、一学期に二度も教室で小便をもらした吉次、と、ひとりひとりの上に思いをめぐらしながら、よくぞあのチビどもが、思いきって一本松までこられたものだと思うと、あの日の、ほこりにまみれた足もとなど、思いだされて、いとしさに、からだがふるえるほどだった。

あのときは、わたしのほうがおどろかされたから、今日はひとつ、みんなをびっくりさせてやる……。だれにまっさきに見つかるだろうかと、たのしい空想をのせて船はすすみ、緑の木立ちや黒い小さな屋根をのせて岬はすべるように近づいてきた。二人の女の子が砂浜に立ってこちらを見ている。一年生ではないらしい。ふしぎそうにこちらから目をはなさない。変化にとぼしい岬の村では、海からの客も、陸からの客も見つけるに早く、好奇の目はまたたくまに集団をつくるのだった。立ちどまっている子どもが五人になり、七人にふえたと思うと、その姿はしだいに大きくなり、がやがや騒《さわ》ぎとともにに、ひとりひとりの顔の見わけもつきだした。しかし、子どものほうではだれもまだ着物の先生に見当がつかぬらしく、ま顔で見つめている。笑いかけてもわからぬらしい。しびれをきらして思わず片手があがると、がやがやはきゅうに大きくなって、叫びだした。

「やっぱり、おなご先生じゃァ。」

「おなご　せんせえ。」

「おなごせんせが　きたどォ。」

浜べはもういつのまにか大人までがまじっての大かんげいになった。船頭さんのなげたとも綱は歓呼の声でたぐりよせられ、力あまって船は砂浜まで引きあげられるさわぎだった。ひとしきり笑いさざめいたあげく、ともかく学校へ向かった。途中で出あう人たちは、いちいち見舞いのことばをおくった。

「怪我はどないでござんす。あんじよりました。」

先生のほうもいちいちあいさつをかえした。

「ありがとうございます。そのせつは、お米をいただいたりしまして、すみませんでした。」

「いいえ、めっそうな。ほんの心もちで。」

すこしゆくと鍬《くわ》をかついだ人が、はちまきをはずしかかっている。同じような見舞いを聞いたあと、

「こないだはどうも、きれいなそら豆をありがとうございました。」

すると、その人は少し笑って、

「いやァ、うちは、胡麻《ごま》をあげましたんじゃ。」

じぶんの馬鹿正直さに気がつき、これからは米とも豆ともいわないことにきめた。わずか一学期だけのことだったので、一年生の父兄のほかはよく顔もおぼえていなかったのだ。そのつぎに出あった、漁師らしい風体《ふうてい》の人を見ると、魚をくれたのはこの人かと思い、用心しいしい、頭をさげた。

「こないだは、けっこうなお見舞いをありがとうございました。」

するとその人は、きゅうにあわてだし、

「いや、なに、ことづけようと思とったんですが、つい、おくれてしもて、まにあいませなんだ。」

先生のほうも同じようにあわてて、赤い顔になり、

「あら、どうも失礼しました。思いちがいしましたの。」

これが以前だったら、女先生は見舞を催促したといわれるところだったろう。行きすぎると子どもたちが笑いだし、その中の男の子が、

「先生、清六さん家《く》は、人にものやったためしがないのに。もらうだけじゃ。山へ仕事に行とってしょんべんしとうなったら、どんな遠うても、わが家《うち》の畑までしにいく人じゃもん。」

わあとみんなが笑った。その話はまえにもいちど聞いたことがあった。四年生にいるその息子が、組でひとりだけ、どうしても音楽帳をもってこなかった、そのときである。いつも忘れてくるのかと思ってただすと、泣きそうになってうつむいた。するとならんでいた生徒が、かわって答えた。

「歌をならうても銭《ぜに》もうけのたしにはならんいうて、買《こ》うてくれんのじゃ。」

つぎの唱歌のとき、清一というその子に音楽帳をやると、うれしそうに受けとったことを思いだした。彼は、教科書まで全部、他人の使い古しをもらっていた。しかも村で二番目のしんしょ持ちだというのだ。そこに清一のいないことで、ほっとしている先生へ、

「せんせの足、まだ痛いん？」

まっさきにきいたのは仁太である。もう松葉杖ではなかったにしろ、やっぱりびっこをひいているのを見ると、仁太はうたてかったのであろう。

「せんせ、まだ自転車にのれんの？」

こんどは小ツルだった。

「そう、半年ぐらいしたら、のれるかもしれん。」

「そんなら、これから、船でくるん？」

ソンキの質問にだまって顔をふると、コトエがおどろいて、

「へえ、そんなら、歩いて？　あんな遠い道、歩いてエ？」

コトエにとっては忘れられない二里の道だったのだろう。空腹《くうふく》と心配でまっさきに泣きだしたコトエである。仲間はずれになりたくないばかりに、本の包みを藪にかくして出かけたコトエは、船で送りとどけられたときにも、ひとり気がふさいでいた。どんなに叱られるかと、びくびくしていたのだ。しかし、迎えに出ていたおばんは、どこの親たちよりもまっさきに、船にアユミのかかるのもまちきれず、じゃぶじゃぶと海の中へはいってゆき、どの子よりもまっさきにコトエを船から抱きおろしたのである。まるで

がいせん将軍のように晴れがましくアユミをわたる子どもらとそれを迎える親たちのなかで、コトエとおばんだけは泣いていた。藪へまわって本包みをとってもどりながら、もうそのときは二人ともふだんの顔になって話しあった。

「これからは、だまってやこい行ったらいかんで。ちゃんと、そういうて行かにゃ。」

「そういうたら、行かしてくれへんもん。」

「そうじゃなァ、ほんにそのとおりじゃ。ちがいない。」

おばんはふるえるような力のない笑い声でわらい、

「でもな、なにがなんでも飯だけはたべていかんと、からだに毒じゃ。」

そういわれてコトエは、先生の家でごちそうになったキツネうどんを思いだした。思いだしただけでも唾《つば》が出てくるほどうまかったキツネうどん。空腹はキツネうどんの味を数倍にしてコトエの味覚にやきついていた。

その後も彼女は、何度かキツネうどんの話をしては、大石先生を思いだし、先生を思いだしてはキツネうどんを思いうかべた。思いがけず先生がやってきた今、彼女はまた、あの遠い道とキツネうどんを思いだしながら、聞いたのである。あんな遠い道を、歩いてエ？ と。しかし、コトエでなくとも、子どもらは、今日の先生を、ふたたび学校へむかえたものと考えていた。だれもうたがおうとしない態度を見ると、先生は、上陸第一歩で今日の目的をはっきりさせるべきだったと思った。

お別れにきたのよう……

そう叫びながら船をおりたら、そくざにそのような雰囲気が生まれたろうにと、くやみながら、コトエのことばにしがみつくようにして、ゆっくりといった。

「ね、遠い遠い道でしょ。そこを、ひょこたん　ひょこたん　と、ちんばひいて歩いてくると、日がくれるでしょ。それでね、だからね、だめなの。」

それでも子どもたちにはさっしがつかなかった。網元の森岡正が、正らしい考えで、

「そんなら先生、船できたら。ぼく、毎日迎えにいってやる。一本松ぐらい、へのかっぱじゃ。」

正は近ごろ櫓がこげるようになり、それが自慢なのであった。先生も思わずにこにこして、

「そうお、それで夕方はまた、送ってくれるの？」

「うん、なあ。」

あとをソンキにいったのは、少し不安でソンキに加勢を求めたものらしい。ソンキも、

うなずいた。

「そう、ありがとう、でも、困ったわ。もっと早くそれがわかってたらよかったのに、先生もう、学校やめたの。」

「………」

「今日は、だからお別れにきたの。さよなら、いいに。」

「………」

みんなだまっていた。

「べつのおなご先生が、すぐきますからね、みな、よく勉強してね。先生、とっても岬を好きなんだけど、この足じゃあ仕方がないでしょ。また、よくなったら、くるわね。」

みんな一せいにうつむいて先生の足もとを見た。早苗が目に一ぱい涙をため、それをこぼすまいとして、目を見ひらいたまままきらきらさしている。感情をなかなかことばにしない早苗のその涙を見たとたん、先生の目にも同じような涙がもりあがってきた。と思うと、きゅうに蜂の巣にでもさわったように、わあっと泣きだしたのはマスノだった。するとコトエやミサ子や、気の強い小ツルまでが、しくしくやりだした。泣き声の合唱である。岬分教場の古びた門札《もんさつ》のかかった石の門の両側に、大きな柳と松の木がある。その柳の木の下で、三十四、五人の生徒にとりまかれて、女先生もまたかまうことなく涙をこぼした。マスノの音頭《おんど》があんまり大げさだったので、吉次や仁太まで泣きそうになり、それをがまんしているふうだった。大きな生徒のなかにはおもしろそうに見ているものもいた。職員室の窓からその光景を見ていた男先生は、古ぐつの先革《さきがわ》だけをのこした上ばきをつっかけてとんできたが、わけをきくと、

「なんじゃあ、おなご先生がせっかくおいでたんだから、笑うてむかえんならんのに、みんなはでに泣くじゃないか。さ、どいたどいた。おなご先生、早く中へおはいりなさい。」

しかしだれひとり動こうとはせず、しくしくつづけた。

「やれやれ、女子《じょし》と小人《しょうじん》はなんとかじゃ。泣きたいだけ泣いてもらお。泣きたいものは、なんぼでも泣け泣け。」

古ぐつの上ばきをぱっく　ぱっく音させて男先生が去りかけると、はじめてみんなは笑いだした。泣け泣けといわれたのがおかしかったのだ。

始業の板木が鳴りわたり、いよいよ今日の勉強もはじまるわけだ。そのはじめに別れ

のあいさつをして帰るはずの大石先生であったが、別れのことばをいったあと、なにかに引っぱられるようにして一、二年の教室へはいった。久しぶりの女先生に、みんなうきうきした。

「じゃあ、この時間だけ、いっしょにべんきょうしてお別れにしましょうね。算数だけど、ほかのことでもいいわ。なにしよう？」

はい　はい　と手があがり、まだ名ざしをしないうちにマスノが、

「唱歌。」

と叫んだ。歓声と拍手がおこった。みんなさんせいらしい。

「浜で歌うたう。」

わあっと、また、ときの声があがる。

「せんせ、浜で歌うたう。」

マスノがひとりで音頭をとっている。

「じゃあ、男先生にそいって、浜まで送ってきてね。船がまってるから。」

パチパチと拍手がおこり、机ががたがた鳴った。男先生に相談すると、それならみんなで送ろうということになった。びっこの大石先生をとりまくようにして十二人の一年

生が先頭を歩いた。一ばんしんがりの男先生は、怪我の日以来ほこりをかぶっている女先生の自転車を押していった。道で出あった村の人も浜までついてきた。

「こんどは、泣きっこなしよ。」

大石先生はひとりひとりの顔をのぞきながら、

「さ、指きり、マアちゃんも泣かないでね。」

「はい。」

「コトやんも。」

「はい。」

「早苗さんも。」

「はい。」

これだけが一ばん泣き虫だから、これだけ指きりしたから、もうだいじょうぶ——

ひとりひとりの小さな指にちかいながら、浜へくると、仁太が大声で、

「なに、歌うん?」

と、マスノの顔を見た。

「蛍《ほたる》の光《ひかり》だ、そりゃあ。」

男先生がそういったが、一年生はまだ蛍の光をならっていなかった。

「そんなら一年生も知っとる歌、「学べや学べ」でもうたうかい。」

男先生はじぶんの教えた歌を聞いてもらいたかった。しかしマスノがいち早く叫んだ。

「山のからす。」

彼女はよほど「山のからす」がお気にいりらしかった。そしてもう、まっさきに、うたいだしたのだ。

　山のからすが　もってきた
　あかい小さな　じょうぶくろ

まだやっと一年生なのに、彼女の音頭とりはなれきっていた。天才とでもいうようなものであろうか。ちゃんと、みんなをあとについて歌わせる力があった。

　あけてみたらば　月の夜に
　山がやけそろ　こわくそろ

村の人も大ぜい集まってきて、あいさつをした。大石先生もいっしょに歌いながら、船にのりこんだ。

　へんじかこうと　目がさめりゃ

なんのもみじの　葉がひとつ

くりかえし歌って、いつかそれもやみ、しだいに遠ざかる船にむかって呼びかける声も細りながら、いつまでもつづいた。

「せんせえ――。」

「また、おいでえ。」

「足がなおったら、またおいでえ。」

「やくそく　したぞォ。」

「や　く　そ　く　し　た　どォ。」

最後は仁太の声で、あとはもう、ことばのあやもわからなくなった。

「かわいらしいもんじゃのう。」

船頭さんに話しかけられて、はじめて我れにかえりながら、しかし目だけは、まだ立ちさりかねている浜べの人たちからはなさずに、

「ほんまに、みんな、それぞれ、えい人ばっかりでのう。」

「昔から、ひちむつかしい村じゃというけんどのう。」

「そうよの。そんな村は、気心がわかったとなると、むちゃくちゃに人がようてのう。」

「そんなもんじゃ。」

つよい日ざしと海風に顔をさらしたまま、もう胡麻粒《ごまつぶ》ほどにしか見えない人の姿とともに、岬の村を心の中にしみこませるように、いつまでも目をはなさなかった。櫓の音だけの海の上で、子どもたちの歌声は耳によみがえり、つぶらな目の輝きはまぶたの奥に消えなかった。

五　花の絵

海の色も、山の姿も、そっくりそのまま昨日につづく今日であった。細長い岬の道を歩いて本校にかよう子どもの群れも、同じ時刻に同じ場所を動いているのだが、よく見ると顔ぶれの幾人かがかわり、そのせいでか、みんなの表情もあたりの木々の新芽《しんめ》のように新鮮なのに気がつく。竹一がいる。ソンキの磯吉もキッチンの徳田吉次もいる。マスノや早苗もあとからきている。

この新しい顔ぶれによって、物語のはじめから、四年の年月が流れさったことを知らねばならない。四年。その四年間に「一億同胞《どうほう》」のなかの彼らの生活は、彼らの村の山の姿や、海の色と同じように、昨日につづく今日であったろうか。

彼らは、そんなことを考えてはいない。ただ彼ら自身の喜びや、彼ら自身の悲しみのなかから彼らはのびていった。じぶんたちが大きな歴史の流れの中に置かれているとも考えず、ただのびるままにのびていた。それは、はげしい四年間であったが、彼らのなかのだれがそれについて考えていたろうか。あまりに幼い彼らである。しかもこの幼い者の考えおよばぬところに、歴史はつくられていたのだ。四年まえ、岬の村の分教場へ入学したその少しまえの三月十五日、その翌年彼らが二年生に進級したばかりの四月十六日、人間の解放を叫び、日本の改革を考える新しい思想に政府の圧迫が加えられ、同じ日本のたくさんの人びとが牢獄に封じこめられた、そんなことを、岬の子どもらはだれも知らない。ただ彼らの頭にこびりついているのは、不況ということだけであった。それが世界につながるものとはしらず、ただだれのせいでもなく世の中が不景気になり、けんやくしなければならぬ、ということだけがはっきりわかっていた。その不景気の中で東北や北海道の飢饉《ききん》を知り、ひとり一銭ずつの寄付金を学校へもっていった。そうした中で満州事変《まんしゅうじへん》、上海事変《しゃんはい》はつづいておこり、幾人かの兵隊が岬からもおくり出された。

そういうはげしい動きのなかで、幼い子どもらは麦めしをたべて、いきいきと育った。前途に何が待ちかまえているかをしらず、ただ成長することがうれしかった。

五年生になっても、はやりの運動靴を買ってもらえないことを、人間の力ではなんともできぬ不況のせいとあきらめて、昔ながらのわらぞうりに満足し、それが新しいことで彼らの気持はうきうきした。だからただひとり、森岡正のズックを見つけると、みんなの目はそこにそそがれてさわいだ。

「わァ　タンコ、足が光りよる。ああばば(まぶしいこと)。」

いわれるまえから正は気がひけていた。はいてこなければよかったと後悔するほど恥ずかしかった。女のほうでは小ツルがひとりだった。靴は、足をかわすたびにぶかぶかとぬげそうになった。小ツルはとうとうズックを手にもって、はだしになり、うらめしそうに靴をながめた。六年生の女の子がじぶんのぞうりと取りかえてやりながら、大声で、

「わァ、十文半《ともんはん》じゃもん、わたしにでも大きいわ。」

おそらく三年ほどもたせるつもりで買ってやったのだろうが、小ツルはもうこりこりしていた。ぞうりのほうがよっぽど歩きよかったのだ。ほっとしている小ツルに、松江は笑いかけ、

「な、コツやん、べんとが、まだ、ここで、ぬくいぬくい。」

そういって腰のあたりをたたいてみせた。

「百合《ゆり》の花の弁当箱？」

小ツルが、いつ買ったのだ、という顔で問うのを、松江は気弱くうけ、

「ううん、それは明日お父つぁんが買《こ》うてきてくれるん。」

そういってしまって、松江ははっとした。三日前のことを思いだしたのだ。ミサ子もマスノも、ふたに百合の花の絵のあるアルマイトの弁当箱を買ったと聞いて、松江は母にねだった。

「マアちゃんも、ミイさんも、百合の花の弁当箱買うたのに、うちにもはよ買うておくれいの。」

「よしよし。」

「ほんまに、買うてよ。」

「よしよし、買うてやるとも。」

「百合の花のど。」

「おお、百合なと菊なと。」

「そんなら、はよチリリンヤへたのんでおくれいの。」

「よしよし、そうあわてるない。」

「ほたって、よしよしばっかりいうんじゃもん。マッちゃん、チリリンヤへいってこ

うか。」

それではじめて彼女の母はしんけんになり、こんどはよしよしといわずに、少し早口で、

「ま、ちょっとまってくれ、だれが銭《ぜに》はらうんじゃ。お父つぁんにもうけてもろてからでないと、赤恥かかんならん。それよか、お母さんがな、アルマイトよりも、もっと上等のを見つけてやる。」

そういってその場を流されたのだが、松江のためにさがしだしてくれたのが、古い昔の柳行李《やなぎごうり》の弁当入れとわかると、松江はがっかりして泣きだした。今どき柳行李の弁当入れなど、だれも持っていないことを、松江はしっていたのだ。世の中の不況は父の仕事にもたたって、大工の父が、仕事のない日は、草とりの日ようにまでいっているほどだから、弁当箱一つでもなかなか買えないこともわかっていた。しかし松江は、どうしてもほしかったのだ。ここで柳行李をうけいれたら、いつまでたっても百合の花の弁当箱は買ってもらえまいということを、松江は感じて、ごねつづけ、とうとう泣きだしたのである。しかし母親もなかなかまけなかった。

「不景気なんだから、ちっとがまんしい。来月になって、景気がよかったら、ほんま

に買おうじゃないか。なあ、マツはいちばん大きいから、もっと聞き分けいでどうすりゃ。」

それでも松江はしくしく泣いていた。いつやむともしれないほど、しんねり泣きつづけるのは、よほどの思いにちがいない。そのままつづけばいつやむともしれぬ泣きぶりであったが、やがて、泣くどころでないことがおこった。彼女の母は、きりっとした声でいった。

「マツ、弁当箱はきっと買うてやる。指きりしてもええ。そのかわりおまえ、産婆《さんば》さんとこへ、ひとっ走《ぱし》りいってきてくれや。大急ぎできてつかあされ、いうてな。行きしなに、よろずやのばあやんにも、ちょっときてもろてくれ。こんなはずないんじゃけんど、おかしいな。」

あとのほうはひとり言のようにいって、納戸にふとんをしきだした母親を見ると、さすがに松江も泣きやみあわてて家をとびだした。小さいからだをツブテのように走らせながら、彼女の心には一つのたのしみがふくらんできた。それは指きりしてもよいといった母のことばだった。産婆さんの家は本村のとっつきにあった。帰りは途中まで自転車にのせてくれ、少し上り坂のところまでくると、年とった産婆さんは自転車をとめ、

「おまえは、ここでおりておくれ。一刻も早ういかんならん。」

松江はこっくりして、自転車のあとから走った。自転車はみるみる遠ざかり、すぐに山の中へ消えていった。大石先生の自転車いらい、女の自転車もようやくはやりだして、今ではもう珍しくなかったが、それだけに走りさった産婆さんの自転車を見て、毎日朝早く起きて、てくてく、町まで歩いて仕事にゆく父親にも、自転車があれば、どれほど助かるかと、ふと思った。

走って帰ると、もう赤ん坊は生まれていた。いそがしそうに襷《たすき》がけで水をくんでいたよろずやのおばさんは、松江を見るなりいった。

「マッちゃんよ、お前、えらかろうが、大いそぎで釜《かま》の下たいておくれ。」

バケツのまま釜に水をあけておいてから、小声で、

「こんまい女の子じゃ。月たらずじゃといな。でも、ええじゃないか、なあマッちゃん。また女でお父つぁんはうんざりしようけんど、女の子はええ。忠義はできんけんど、十年もたったら、マッちゃんじゃって、どない出世するかしれたもんじゃない。」

なんの意味かよくわからぬまま、松江は釜の下をたきつづけた。母親になにかことがあると、年よりのいない松江の家では、小さいときから松江がかまどに立たねばならな

かった。

それから三日目、はじめて弁当をもって本校へゆく松江は、納戸にねている母親に注意されながら、湯気の出ている御飯を釜から弁当箱につめた。

「お父つぁんのは、両行李《ごうり》ぎゅうぎゅうにつめこんであげよ。お前のは軽くいれてな、なにせ、大きい弁当箱じゃもん。梅干は見えんほど御飯の中に押しこまにゃ、ふたに穴があくさかい。」

血の道がおこりそうだといって、しかめ顔に、手ぬぐいではちまきをしてねている母を、幼い松江は気にもかけず、

「お母さん、百合の花の弁当箱、ほんまに買《こ》うてよ。いつ買うてくれるん?」

「お母さんが、起きれたら。」

「おきれたら、その日に、すぐに?」

「ああ、その日に。」

松江はうれしくて、今日借りてもってゆく父親のアルミの弁当箱の大きさも気にかからなかった。松江ぐらいの女の子なら、三人分はゆうにはいる大きな、深い弁当箱が、小学校の教室ではどれほどこっけいに見えるかを、彼女は考えなかった。柳行李よりは

そのほうがよいと思ったのだ。それどころか、からだにつたわってくる弁当のぬくみは、彼女の心をほかほかと温めつづけていた。小ツルの問いに、思わず、明日と答えたけれど、明日は買ってもらえない。しかし、あさっては買ってもらえるかもしれないと考えると、彼女はひとり笑えてきた。こんな、温かい気持で出かけていった松江であった。松江にかぎらず、みんな何かしらうれしがっていた。マスノは新しいセーラー服をきて自慢らしかったし、コトエはおばんの作っておいてくれたぞうりの鼻緒《はなお》に赤いきれのないこんでいるのがうれしそうだった。まるで大学生の着るようなこまかいさつまがすりの袷をきせられている早苗は、赤いはっかけ(すそまわし)を気にして、ときどきうつむいて見ている。じみなその着物を人に笑われないうちに、早苗の母はいったのである。

「なんと、じみすぎておかしいかと思うたら、赤いはっかけでひきたつこと。そんでまた、これが早苗に似合うというたら。この着物きたら、かしこげに見えるわ。裾《すそ》にちろちろ赤いのも見えて、みごとい、みごとい。よかったァ。」

これだけほめられると、早苗は正直にそれを信じこんだ。着物をきているのはコトエと二人だけで、コトエもまた母親のだったらしい黒っぽい、飛び模様のある綿《めん》めいせんをきていた。本裁《ほんだち》そのままらしく、腰あげも肩あげももりあがっている。しかし彼女のじまんは、先鼻緒《さきばなお》に赤いきれのついたぞうりの方だった。薮のそばの草むらを通るとき、コトエだけは、ふっと、大石先生を思いだし、一本松のほうを見た。

「小石先生!」

親しく、心の中でよびかけたつもりなのに、まるでそれが聞こえたかのように、小ツルがよってきた。

「小石先生のこと、知っとん?」

「なに?」

知らないとわかると、こんどは早苗に、

「知っとん? 早苗さん。」

「なにを?」

小ツルは大声で、ぐるぐると見まわし、

「みんな、小石先生のこと、知っとるか?」

ニュースは、いつだって小ツルからである。みんなは思わず小ツルをとりまいた。得意の小ツルは、れいのとおり篠《しの》で切ったような細い目を見はり、見はってもいっこうひろがらない目でみんなを見まわし、

「小石先生な、あのな、エイコトコトコトコンペイト。」

そしてマスノの耳にくしゃくしゃとささやいた。二人だけの自慢にしようとしたのに、マスノはすっとんきょうに叫んだ。

「わあ、嫁さんにいったん!」

小ツルは、まだあるんだとばかりに、

「な、ほてな、あのな。」とわざとゆうゆうになり、

「シンコンレンコン(新婚旅行)なあ、おしえてやろうか。」

「うん。」

「うん。」

「こがつくとこ。んがつくとこ。ぴがつくとこ。らがつくとこ。」

「わかった、こんぴらまいり。」

「そう。」

わあっと声があがった。百メートルほども先になった上級生の男の子たちがふりかえったが、そのままいってしまうと、みんなもとっとと、そのあとを追いながら、口だけはやかましく小石先生の噂をした。それはおとといのことで、昨日小ツルの父が聞いて

きた話だということもわかった。嫁にいったとすれば、小石先生はもう学校をやめるのではなかろうかというのがマスノの意見だった。小ツルがそれにさんせいし、小林先生も、嫁にいくのでやめたと、記憶のよいところをみせた。そしてまた、やめてもらいたくないという希望をいち早く口に出したのもマスノであった。めずらしく早苗とコトエがさんせいした。早苗がコトエに、

「小石先生、も一ぺんあいたいもんなあ。」

「うーん。いつかしらん、うどん、うまかったなあ。」

コトエがいった。みんなはそれで、四年前のことをはっきり思いだした。その小石先生が、今日学校にきているかどうかは、みんなにとって大問題になってきた。みんなの足は、知らずしらず早くなった。なかば走りながらマスノは、

「かけしようか、小石先生きとるか、きとらんか。」

「しよう、なにかけるん？」

うてばひびく早さで、小ツルが応じた。

「まけたら、ええと、ええと、すっぺ（しっぺい）五つ。」

森岡正がそういうと、マスノは右手を高くあげながら、

「すっぺ五つなら、まけてもええわ。うち、先生きーとる。」

「うちも。」

「うちも。」

なんのことはない、みんな小石先生が来ているというのだ。とうとうかけはながれたまま、学校へ近づいた。さすがに新入生の五年生はきまじめな顔をして校門をくぐった。ひょいと見ると職員室の窓から小石先生がこちらを見ている。おいでおいでと手をふられると、みんなはそのほうへ走っていった。

「もうくるか、もうくるかと思って、まってたのよ。ちょっとまって。」

そういって出てきた小石先生は、歩きながらみんなを土手《どて》のほうへつれていった。ひとりひとりの顔をみながら、

「大きくなったじゃないの。今に先生においつくわ。あら、小ツやんなんか、追いこしそうだ。」

小ツルに肩をならべ、

「へえ、まけた。でもしようがない、小石先生だもんね。」

みんな笑った。

「あんたらが小石先生といったもんで、いつまでたっても大石先生になれないじゃないの。」

また笑った。笑いはするが、だれもまだ、なんともいわない。

「いやに、おとなしいのね。五年生になったら、こんな、おとなしくなったの。」

それでもにこにこしているだけなのは、小石先生が、なんだかまえと少しかわって見えたからだった。色も白くなっているし、そばにくると、スミレの花のようにいいにおいがした。それは嫁さんのにおいだというのを、みんなは知っていた。

「せんせ。」

マスノがやっと口をきった。

「先生、唱歌おしえてくれるん?」

「そう。唱歌だけじゃないわ。あんたたちの受けもちよ、こんど。」

わあっと歓声があがり、きゅうにうちとけてしゃべりだした。先生、先生とだれかが呼びつづける。呼びつづけながら岬の村のいろんなできごとが、その海の色や風の音までつたわってくるようにわかった。コトエのうちでは最近、おばあさんが卒中でなくなり、ソンキのお母さんはリョウマチで寝こんでいるという。早苗のおでこのかすりきずは、ついこないだ、ミサ子と二人で肩をくんでスキップで走っていて、道路から浜に落ちたときの怪我だとわかったし、キッチンの家では豚《ぶた》が三匹も豚《とん》コレラで死んでしまい、お母さんが寝こんだ、などと話はつきなかった。

小ツルは、先生のからだをつかまえて、ゆすぶり、

「先生、仁太、どうしてこなんだか？」

「あ、それ聞こう聞こうと思ってたの。どうしたの、病気？」

すぐには答えず、みんな顔見あわせて笑っている。先生もつられて笑いながら、これはきっと仁太が、とっぴょうしもないことをしでかしたにちがいないと、ふと思った。

「どうしたのよ。病気じゃないの？」

早苗の顔を見ていうと、早苗はだまってかぶりをふり、目を伏せた。

「らくだい。」

ミサ子が答えた。

「あら、ほんと？」

おどろいている先生を、笑わせようとでもするように小ツルは、

「いつも、はな、たらしとるさかい。」

みんなは笑ったが、先生は笑わなかった。

「そんなことうそよ。はなたらして落第《らくだい》なら、みんな一年生のとき落第したわ。病気かなんかで、たくさん休んだんでしょ。」

「でも、男先生がそういうた。はなたれもしだいおくりというのに、仁太は四年生になってもはなたれがなおらんから、も一ぺん四年生だって。」

小ツルの話に、みんながツンツンはなをすすった。それには先生もちょっと笑ったが、すぐ、心配そうな顔になった。始業のかねが鳴ったので、みんなと別れた先生は、職員室にもどりながら、仁太のことをきり考えていなかった。かわいそうにとつぶやいた。落第した仁太が、弟の三吉と同級生になってもう一度やり直す四年生を思うと、気持がくもってきた。はなたれもしだいおくりと、ほんとに男先生がいったとしたら、仁太を四年生にとどめることこそ、はなをたれっぱなしにさせておくことのように思ったのだ。あのからだの大きな仁太のむじゃきさが、それで失われるとしたら、仁太の一生についてまわる不幸のように思えて、今日、ひとりとり残された仁太のさびしさが、ひしひしとせまってきて、またくりかえした。

はなたれも　しだいおくり

はなたれも　しだいおくり

仁太はどうしてとり残されたろう。

それを竹一にでももういちど聞こうと思った大石先生は、お昼休みの時間をまって、そとへ出た。運動場の見わたせる土手の柳《やなぎ》の下に立つと、竹一は見あたらず、まっさきにとらえたのは松江だった。松江はなぜかひとり校舎の壁にもたれてしょんぼりしていた。まねくと土手の下まで走ってきて、そっくりそのまま母親に通じる目で笑った。手をのばすと、ますます母親似の顔をして、きまりわるそうに引っぱりあげられた。仁太のことをきこうとする先生ともしらず、松江は、じぶんひとりの気づまりさからのがれようとでもするように、せっぱつまった声で呼びかけた。

「せんせ。」

「なあに。」

「あの、あの、うちのお母さん、女の子うんだ。」

「あらそう、おめでとう。なんて名前？」

「あの、まだ名前ないいん。おとつい生まれたんじゃもん。あした、あさって、しあさって。」

と、松江は三本の指をゆっくりと折り、

「六日ざり(名付日)。こんど、わたしがすきな名前、考えるん。」

「そう、もう考えついたの？」

「まだ。さっき考えよったん。」

松江はうれしそうにふっと笑い、

「せんせ。」

と、いかにもこんどは別の話だというふうによびかけた。

「はいはい。なんだかうれしそうね。なあに。」

「あの、お母さんが起きられるようになったら、アルマイトの弁当箱、買うてくれるん。ふたに百合の花の絵がついとる、べんと箱。」

すうっとかすかな音をさせていきを吸い、松江は顔いっぱいによろこびをみなぎらせた。

「あーら、いいこと。百合の花の絵がついとるの。ああ、赤ちゃんの名前もそれなの？」

すると松江は、恥じらいとよろこびを、こんどはからだじゅうで示すかのように肩を

くねらせて、

「まだ、わからんの。」

「ふーん。わかりなさいよ。ユリちゃんにしなさい。ユリコ？　ユリエ？　先生、ユリエのほうがすきだわ。ユリコはこのごろたくさんあるから。」

松江はこっくりうなずいて、うれしそうに先生の顔をみあげた。松江の目がこんなにもやさしいのを、はじめて見たような気がして、先生はその長いまつ毛におおわれた黒い目に、じぶんの感情をそそいだ。仁太のことはもう、ひとまず流して、心はいつかなごんでいた。松江にとってもまた、その数倍のよろこびだった。先生にいわなかったけれど、お昼の弁当のとき、松江は大きな父の弁当箱を、小ツルやミサ子から笑われたのである。それで、彼女はひとりみんなからはなれていたのだ。しかし今は、そのしょげた気持も朝露をうけた夏草のように、元気をもりかえした。じぶんだけが、とくべつに先生にかまわれたようなうれしさで、これはないしょにしておこうと思った。だのにその日、帰り道で彼女はつい口に出してしまった。

「うちのねね、ユリエって名前つけるん。」

「ユリエ？　ふうん、ユリコのほうが気がきいとら。」

はねかえすように小ツルがいった。松江は胸をはって、

「それでも、小石先生、ユリエのほうがめずらして、ええっていうた。」

小ツルはわざととびあがって、

「へえ、なんで小石先生が。へえ！」

なにかをさぐりあてようとでもするような目で松江の顔をのぞきこみ、

「あ、わかった。」

ならんでいたミサ子をうしろのほうへ引っぱっていって、こそこそささやいた。富士子、早苗、コトエとじゅんじゅんにその耳に口をよせ、

「なあ、そうじゃな。」

おとなし組の三人は小ツルの言い分にさんせいできないことを、気弱《きよわ》な無言であらわすばかりで、松江を孤立《こりつ》させようとした小ツルのたくらみはくずれてしまった。よく気のあうマスノが、今日は母の店によって、ここにいないのが小ツルの弱さになっていた。彼女はみんなに、松江がひいきしてもらうために、ひとりで小石先生にへつらったといったのである。そのためにかえってじぶんから孤立した小ツルは、ひとりふきげんにだまりこんで、とっとと先を歩いていった。みんなもそのあとからだまってついていった。

一つはなをまがったときである。前の小ツルがきゅうに立ちどまって海のほうをながめた。先にたつものにならう雁《がん》のように、みんなも同じほうを見た。小ツルが歩きだすとまた歩く。やがて、いつのまにかみんなの視線は一つになって海の上にそそがれ、歩くのを忘れてしまった。

はじめから小ツルは知っていたのであろうか。それともたった今、みんなといっしょに気づいたのであろうか。静かな春の海を、一そうの漁船が早櫓《はやろ》でこぎわたっていた。手ぬぐいで、はちまきをしたはだかの男が二人、力いっぱいのかっこうで櫓を押している。二丁櫓《ちょうろ》のあとが、幅びろい櫓足《ろあし》をひいて、走るように対岸の町をさして遠ざかってゆくのだ。もうけんかどころでなかった。

なんじゃろ？

だれのうちのできごとじゃろう？

みんな目を見あわした。消え去りつつ新しくひかれてゆく櫓足から、岬の村に大事件が突発したことだけがわかった。急病人にちがいない。船の胴の間にひろげたふとんが見られ、そこにだれかがねかされているとさっした。しかし、またたくまに船は遠ざかり、乗りこんでいる人の判別もつかなかった。まるでそれは、瞬間の夢のように、とぶ鳥のかげのようにすぎた。だが、だれひとり夢と考えるものはいなかった。一年に一度か二年に一度、急病人を町の病院へ運んでゆく岬の村の大事件を、さかのぼって子どもたちは考えていた。かつて小石先生もこうして運ばれたのだ。怪我をしたか、急性の盲《もう》腸炎《ちょうえん》か。

なんじゃろう？

だれぞ盲腸の人、おったかいや？

あとから追いついてきた男の子もいっしょにかたまって評定《ひょうじょう》した。女はだれも声をたてず、男の子がなにかいうたびにその顔に目をそそいだ。そんななかで松江はふと、今朝《けさ》家を出かけるときの母の顔を思い浮かべた。瞬間、黒いかげのさしたような不安にとらわれたが、そんなはずはないのだと、つよくうち消した。しかし、頭痛がするとて顔をしかめ、手ぬぐいできつくきつくはちまきをした、その結び目のところの額《ひたい》によっていた、もりあがった皺《しわ》を思い出すと、なんとなく払いきれぬ不安がせまってきた。はじめに、今日は父に休んでもらいたいといった母、しかし父は仕事を休むわけにはいかなかった。

「松江を休ませりゃ、ええ。」

父が、そういうと、そんならええといい、松江にむかって、

「学校、はじめてなのになァ。だけんど、遊ばんともどってくれなあ。」

思いだして松江はどきどきしてきた。するといつのまにか足は、みんなの先を走りだしていた。ほかの子どももついて走った。足がもつれるほど走りつづけて、ようやく岬の家並《やなみ》を見たときには、松江のひざはがくがくふるえ、肩と口とでいきをしていた。村のとっつきがよろずやであり、そのとなりのわが家に、おしめがひらひらしているのを見て、安心したのである。しかし、その安心で泣きそうになった彼女は、こんどは心臓がとまりそうになった。井戸ばたにいるのが母ではなく、よろずやのおばさんだと気がついたからだ。はずんだ石ころのように坂道をかけおりた松江は、わが家の敷居《しきい》をまぐなり、走ってきたそのままの足のはこびで、母のねている納戸にとびこんだ。母はいなかった。

「お母さん……。」

ひっそりとしていた。

「おかあ、さん……。」

泣き声になった。よろずやのほうから赤ん坊の泣くのが聞こえた。

「うわあ、わあ、おかあさーん。」

力のかぎり大声で泣き叫ぶ松江の声は、空にも海にもひびけとばかりひろがっていった。

六　月夜の蟹

五年生の教室は川っぷちに新しく建《た》った校舎のとっつきであった。川にむかった窓からのぞくと、衽《おくみ》のような形の、せまい三角地をはさんで、高い石垣は川床《かわどこ》まで直角に築かれていた。危険防止の土手は地面から三尺ほどの高さでめぐらしてあったが、土手はあまり用をなさず、子どもらはわずかな遊び時間をもかってに石垣をつたって、川の中へおりていった。おもに男の子だった。川上に家は一軒もなく、ちろちろの水はきれいだった。山から流れてきてはじめて、ここで人の肌にふれる水は、おどろくほど、つめたく澄みきっていた。子どもらにとっては、ただ手足をふれているだけで、じゅうぶん満足のできる、こころよい感触であった。水はここではじめて人の手にふれ、せきとめられて濁った。だれがいいだしたのか鰻《うなぎ》がいるという噂がたってから、子どもたちの熱意は川底に集まり、毎日土手の見物と川の漁師とのあいだで時ならぬやりとりがつづいた。川床の石をめくっては、まだ一度もとれたことのない鰻をさがしているのだが、出てくるのは蟹ばかりである。それでもけっこうおもしろいらしく、漁師も見物もふえるばかりだった。くるぶしをかくしかねるほどの水量は、遊び場としても危険はなく、だから小石先生もだまって眺めていた。

「せんせ、ズガニ　あげよか。」

保護色なのか泥色をして、足にあらい毛のある蟹をつかまえて、うで一ぱいさし出したのは森岡正だった。

「いらん、そんなもん。」

「たべられるのに、せんせ。」

「いやだ、そんなもんたべたら、足や手にヒゲがはえるもの。」

川底と土手からどっと笑い声がおこった。窓ぎわの先生ももちろん笑いころげたのだが、ついさっきまでの先生は、そんな笑いとは遠い気持で、窓の外にくりひろげられた風景を眺めていたのであった。川の中でも土手の上でも、岬の子どもらは知らずしらずかたまっていた。だが、そこに松江の姿は見ることができない。その目にみえぬ姿が、ときどき先生の心を占領してしまうのだ。

母親がなくなってから、松江は一度もこの教室に姿をあらわさなかった。窓ぎわの、前から三番目の松江の席は、もう二か月もからっぽのままである。入学の日のことを思いだして、百合の花の絵のついた弁当箱をみやげに松江の家をたずねたのは、彼女の母親がなくなってからひと月ぐらいたっていた。ちょうど川本大工も家にいて、男泣きに泣きながら、赤ん坊が死なないかぎり、松江を学校にはやれぬといった。あまりに事情が明白なので、それでも松江を学校によこせとはいえず、だまって松江の顔をみた。小さな赤ん坊をおぶったまま、父親のわきにちょこんとすわって松江もだまっていた。へんにまぶたのはれて見える顔は、頭のはたらきを失ったようにぼんやりしていた。その膝《ひざ》の上へ、

「マッちゃん、これ、百合の花の弁当箱よ。あんたが学校にこられるようになったら、つかいなさいね。」

あまりうれしそうにもせず、松江はこっくりをした。

「早く、学校へこられるといいわね。」

いってしまって、はっとした。それは赤ん坊に早く死ねということになるのだ。思わず赤くなったが、松江たち父子《おやこ》には、はっきりひびかなかったらしく、ただ感謝のまな

ざしでうけとられた。

まもなく赤ん坊がなくなったと聞き、松江のためにほっとしたのだが、松江はなかなか姿を見せなかった。マスノやコトエたちにようすをきいてもらちがあかず、先生はとうとう手紙をかいた。十日ほどまえになる。

――松江さん、赤ちゃんのユリエちゃんは、ほんとに　かわいそうなことをしましたね。でももう　それはしかたがありませんから、心の中でかわいがってあげることにして、あなたは元気をだしなさいね。学校へは、いつからこられますか。先生は、まい日マッちゃんのからっぽのせきを見ては、マッちゃんのことを考えています。早くこい　こい　マッちゃん。早くきて　みんなといっしょに、べんきょうしましょう。――

手紙は松江の家といちばん近いコトエにことづけた。しかしその手紙が、松江にとってどれほど無理な注文であるかを先生は知っていた。赤ん坊のユリエはいなくなっても、松江にはまだ弟妹《ていまい》が二人あった。五年生になったばかりの彼女は、幼い頭脳と小さなからだで、むりやり一家の主婦の役をうけもたされているのだ。どんなにそれがいやでも、ぬけだすことはできない。父親をはたらきに出すためには、小さな松江がかまどの下をたき、すすぎせんたくもせねばならぬ。ひよこのようにきょうだい三人よりあって、父親の帰りをまっているだろうあわれな姿が目の前にちらつく。法律はこの幼い子どもを学校にかよわせることを義務づけてはいるが、そのために子どもを守る制度はないのだ。

翌日、コトエは先生の顔を見るなり報告した。

「先生、きのうマッちゃん家《く》へ手紙をもっていったら、知らんよその小母《おば》さんがきとった。マッちゃんおりますか、いうたら、おりませんいうたん。しかたがないから、これマッちゃんにわたして、いうて、その小母さんにたのんできたん。」

「そう、どうもありがとう。マッちゃんのお父さんは？」

「知らん。見えなんだ。――その小母さん、おしろいつけて、きれい着物きとった。マッちゃん家《く》へ嫁にきたんとちがうかって、小ツルさんがいうんで。」

コトエはちょっとはにかみ笑いをした。

「そうだと、マッちゃんも学校へこられていいけどね。」

それからまた十日以上たったが、松江は姿を見せない。手紙はよんだろうかと、ふと心にかげのさす思いで、窓の下を見ていたのだった。ズガニを三匹とった正は、それをあき缶《かん》にいれて得々《とくとく》として石垣をのぼってきた。三角形の空地にある杏《あんず》の木は夏にむかって青々としげり、黒いかげを土手の上におとしている。そのま下にかたまって、岬組の女生徒たちはズガニの勇士を迎え、われがちにいった。

「タンコ、一ぴきくれなァ。」

「うちにも、くれなァ。」

「わたしもな。」

「やくそくど。」

蟹は三匹なのに希望者は四人なのだ。正は考えながらあがってきて、

「食うか、食わんのか?」

みんなの顔を見まわした。食うものにやろうと思ったのだ。いち早く小ツルが、

「食う食う。月夜の蟹は、うまいもん。」

それをきくと、正はにやりとし、

「うそつけえ、蟹がうまいんは、やみ夜のこっちゃ。」

「うそつけえ、月夜じゃないか。」

「ああ聞いた、あ聞いた。月夜の蟹はやせて、うも(うまく)ないのに。」

正が確信をもっていうと、小ツルもまけようとしない。同じように正の口まねで、

「ああ聞いた、あ聞いた。月夜の蟹がうまいのに。ためしに食うてみる、みんなくれ。」

「いや、こんな川の蟹でわかるかい。海の蟹じゃのうて。」

それを聞くと女組がわあわあさわぎたて、窓の先生にむかって口ぐちにきいた。

「せんせ、月夜の蟹とやみ夜の蟹と、どっちがおいしいん?」

「せんせ月夜じゃなあ。」

マスノや小ツルやミサ子たちだった。

「さあ、ねえ。やみ夜のように思うけど……。」

男組がわあっときた。

「ほらみい、ほらみい。」

こんどは先生は笑いながら、

「でも、月夜のような気もする……。」

女組が両手をあげ、とびとびしてよろこんだ。そうしてさわぐことがおもしろく、だれもそれを本気にして考えてはいなかったのだが、正だけは熱心に先生を見あげ、

「馬鹿いうな先生!」

するとと女組がまた、わあっときた。

「先生を馬鹿じゃとい。」

「ほう、タンコは先生を馬鹿じゃとい。」

正は頭をかき、みんなのしずまるのをまって、やっぱりしんけんにいった。

「ほたって先生、それにゃわけがあるんじゃもん。月夜になるとな、蟹は馬鹿じゃせに、わがの影法師《かげぼうし》をお化《ば》けかと思ってびっくりして、やせるんじゃ。やみ夜になると、影法師がうつらんさかい、安心してみがつくんじゃど。だから、月夜は蟹が網《あみ》にかかっても逃がしてやるんじゃないか。かすかすで、うもないもん。やみ夜までおくと、しこしこのみがついて、うまいんじゃ。ほんまじゃのに、せんせ。うそじゃ思うなら、ためしてみるとええ。」

「じゃあ、みんなでためしましょうね。」

じょうだんにそういって、その日はすんだのだが、翌々日、森岡正はほんとに月夜の蟹をもってきた。一時間目の算数がはじまるまえ、ひょうたん籠《かご》をつき出したのである。

「せんせ、蟹。月夜の蟹。やせて、うもない月夜の蟹。」

それは今朝とれたばかりで、まだ生きていた。がさごそと音がしている。みんな笑った。

「ほんとにもってきたの。タンコさん。」

先生も笑って、しかたなさそうに受けとった。蟹は、この期《ご》になってもまだじぶんの運命をなんとかして打開しようとでもいうように、せまい籠の中をがさごそ這いまわっていた。どういうわけか、二匹とも、大きな鋏《はさみ》を片方だけもぎとられたあわれな姿で、残った片方の鋏を上に向け、よらばはさむ構えで泡《あわ》をふいている。

「かわいそうに、これ先生がたべるの?」

「うん、約束じゃもん。」

「逃がしてやりましょうよ。」

「いや、約束じゃもん。」

正はうしろをふりむいて「なあ」とみんなのさんせいを求めた。男の子は手をたたいてよろこんだ。

「じゃあこうしましょう。あとで小使《こづかい》さんにこれをにてもらい、今日の理科の時間に研究しようじゃないの。それから、蟹っていう題で綴方《つづりかた》も書いてくるの。」

「はーい。」

大さんせいだった。籠は窓べりの柱の釘《くぎ》にかけられ、その時間中蟹はがさごその音を立てつづけてみんなを笑わせた。

時間がすむと、先生はひょうたん籠をはずし、じぶんで小使室のほうへ歩いていった。小ツルとコトエが用ありげについていきて、

「せんせ。」と呼びかけ、ふりむくのをまって、

「マッちゃんのこと。」といった。

「マッちゃん？」

「はい。マッちゃん、ゆうべの船で、大阪へいったん。」

「ええっ。」

思わず立ちどまった先生の顔を見あげながら、コトエが、一生けんめいの顔で、

「しんるいの家へ、子にいったん。」

「まあ。」

「そいで、マッちゃん家《く》、おっさんと男の子と残ったん。」

「そう、マッちゃん、うれしそうだった？」

「はーい。」

コトエは答えずに、かぶりをふった。小ツルがかわって、

「マッちゃん、行かんいうて、はじめ、庭の口の柱に抱きついて泣いたん。マッちゃん家のお父さんがよわって、はじめはやさしげにすかしたけんど、なかなかマッちゃんがはなれんので、あとは頭にげんこつかましたり、背中をどづいたりしたん。マッちゃん、おいおい泣いてみんなが弱っとった。よろずやのばあやんが、ようやっとすかして、得心《とくしん》さしたけんど、みんなもらい泣きしよった。わたしも涙が出てきて弱った。途中まで、みんなと見おくっていったけんど、マッちゃん一口もものいわなんだ。なあコトやん。そいで……。」

きゅうにハンカチを顔にあてて、くっくっと泣きだした先生におどろいて、小ツルはだまった。いつのまにか早苗やマスノもよってきて、片手にひょうたん籠をもったまま、うつむいてハンカチを目にあてている先生を、うたてげに見ていた。みんなの目にも、さそわれた涙がもりあがっていた。

そのあともしばらくは、窓ぎわの前から三番目の松江の席はあいたままおかれてあったが、あるとき、その、松江のたった一日すわった席に先生はだまって腰かけていた。そのあとすぐ席の組みかえがあって、その列は男の子になった。それきり松江の噂は出

なかった。先生もきかず、生徒もいわず、松江からの便《たよ》りもなかった。もうみんなの心から、松江の姿は追いだされたのであろうか。別れのあいさつにもこずに、どこかへいってしまった五年生の女の子。……

そして、もうすぐ六年生に進級するという三月はじめであった。春は目の前にきていながら珍しく雪の降る中を、ひとバスおくれた大石先生は、学校前の停留所から傘《かさ》もささずに走って、職員室にとびこんだとたん、異様な室内の空気に思わず立ちどまり、だれに話しかけようかというふうに十五人の先生たちを見まわした。みんな心配そうな、こわばった顔をしていた。

「どうしたの?」

同僚の田村先生にきくと、しっ　というような顔で田村先生は奥まった校長室に、あごをふった。そして小さな声で、

「片岡先生が、警察へひっぱられた。」

「えっ!」

田村先生はまた、しずかに、というふうにこまかく顔をふりながら、

「いま、警察がきてるの。」

また校長室を目《め》顔《がお》でおしえ、つい今のさっきまで片岡先生の机をしらべていたのだとささやいた。全然、だれにもまだことの真相は分かっていないらしく、火鉢によりあって、だまっていたが、始業のベルでようやく生きかえったように、廊下へ出た。田村先生と肩をならべると、

「どうしたの。」

まっさきに大石先生はきいた。

「あかだっていうの。」

「あか？　どうして？」

「どうしてか、しらん。」

「だって、片岡先生があか？　どうして？」

「しらんわよ。わたしにきいたって。」

ちょうど教室の前へきていた。笑って別れはしたが、二人とも心にしこりは残っていた。まだなんにも知らないらしい生徒は、雪に勢いづいたのか、いつもより元気に見えた。ここに立つと、すべての雑念を捨てねばならないのだが、教壇にたって五年間、大

石先生にとってこの時間ほど永く感じたことはなかった。一時間たって職員室にもどると、みんな、ほっとした顔をしていた。

「警察、かえったよ。」

笑いながらいったのは、若い独身の師範出の男先生である。彼はつづけて、

「正直にやると馬鹿みるっちゅうことだ。」

「なんのこと、それ。もっと先生らしく……。」

突っつかれて大石先生はいうのをやめた。突っついたのは田村先生だった。

教頭が出てきての説明では、片岡先生のは、ただ参考人というだけのことで、いま校長がもらいさげにいったから、すぐ帰ってくるだろうといった。問題の中心は片岡先生ではなく、近くの町の小学校の稲川という教師が、受けもちの生徒に反戦思想を吹きこんだという、それだった。稲川先生が片岡先生とは師範学校の同級生だというので、一おうしらべられたのだが、なんの関係もないことがわかったというのである。つまり、証拠になるものが出てこなかったのだ。そのさがしている証拠品というのは、稲川先生が受けもっている六年生の文集『草《くさ》の実《み》』だというのである。それが、片岡先生の自宅にも、学校の机にもなかったのだ。「あら、『草の実』なら見たことあるわ、わたし。で

も、どうしてあれが、あかの証拠。」

大石先生はふしぎに思ってきいたのだったが、教頭は笑って、

「だから、正直者が馬鹿みるんですよ。そんなこと警察に聞かれたら、大石先生だってあかにせられるよ。」

「あら、へんなの。だってわたし、『草の実』の中の綴方を、感心して、うちの組に読んで聞かしたりしたわ。『麦刈り』だの、『醬油屋《しょうゆや》の煙突』なんていうの、うまかった。」

「あぶない、あぶない。あんたそれ(『草の実』)稲川君にもらったの。」

「ちがう。学校あておくってきたのを見たのよ。」

教頭はきゅうにあわてた声で、

「それ、今どこにある?」

「わたしの教室に。」

「とってきてください。」

謄写版《とうしゃばん》の『草の実』は、すぐ火鉢にくべられた。まるで、ペスト菌でもまぶれついているかのように、あわてて焼かれた。茶色っぽい煙が天井にのぼり、細くあけたガラス戸のあいだから逃げていった。

「あ、焼かずに警察へ渡せばよかったかな。しかし、そしたら大石先生がひっぱられるな。ま、とにかく、われわれは忠君愛国でいこう。」

教頭のことばが聞こえなかったように、大石先生はだまって煙のゆくえを見ていた。

翌日の新聞は、稲川先生のことを大きな見出しで、「純真なる魂を蝕《むしば》む赤い教師」と報じていた。それは田舎の人びとの頭を玄翁《げんのう》でどやしたほどのおどろきであった。生徒の信望を集めていたという稲川先生は、一朝にして国賊《こくぞく》に転落させられたのである。

「あ、こわい、こわい。沈香《じんこう》もたかず、屁《へ》もこかずにいるんだな。」

つぶやいたのは年とった次席訓導《くんどう》だった。ほかの先生はみな、意見も感想ものべようとはしなかった。そんななかでひとり大石先生は、大げさな新聞記事のなかの、わずか四、五行のところから目がはなれなかった。そこには、稲川先生の教え子たちが、ひとり一つずつの卵をもちよって、寒い留置場《りゅうちじょう》の先生に差し入れしてくれと、警察へ押しかけたことが書かれていたのだ。

今日はもう出勤した片岡先生はきゅうに英雄にでもなったように、引っぱりだこだった。どうだった？　の質問に答えて、一日でげっそり頰《ほお》のおちた彼は、青いひげあとをなでながら、

「いや、どうもこうも、いま考えるとあほらしいんじゃけどな、すんでのことにあかになられるとこじゃった。稲川は、君が会合に出たのは四、五回じゃというがだの、小林多喜二《こばやしたきじ》の本をよんだろうとかって。ぼくは小林多喜二なんて名前もしらん、いうたら、この野郎、こないだ新聞に出たじゃないかって。いわれてみりゃあ、ほら、ついこないだ、そんなことが出ましたな。小説家で、警察で死んだ人のことが。」（ほんとうは拷問《ごうもん》で殺されたのだが、新聞には心臓まひで死んだと報じられた。）

「ああ、いたいた。赤い小説家だ。」

若い独身の先生がいった。

「そのプロレタリヤ何とかいう本を、たくさんとられとりました。あの稲川は師範にいるときから本好きでしたからな。」

その日国語の時間に、大石先生は冒険をこころみてみた。生徒たちはもう『草の実』とその先生のことを知っていたからだ。

「家で、新聞とってる人？」

四十二人のうち三分の一ほどの手があがった。

「新聞をよんでいる人？」

二、三人だった。
「あかって、なんのことか知ってる人？」

だれも手をあげない。顔を見あわせているのは、なんとなく知っているが、はっきり説明できないという顔だ。

「プロレタリヤって、知ってる人？」

だれも知らない。

「資本家は？」

「はーい。」

ひとり手があがった。その子をさすと、

「金もちのこと。」

「ふーん。ま、それでいいとして、じゃあね、労働者は？」

「はい。」

「はい。」

「はーい。」

ほとんどみんなの手があがった。身をもって知っており、自信をもって手があがるのは、労働者だけなのだ。大石先生にしても、そうであった。もしも生徒のだれかに、答えを求められたとしたら、先生はいったろう。

「先生にも、よくわからんのよ。」と。

まだ五年生にはそれだけの力がなかったのだ。ところがすぐそのあと、このことについては、口にすることをとめられた。ただあれだけのことがどこからもれたのか、大石先生は校長によばれて注意されたのである。

「気をつけんと、こまりまっそ。うかつにものがいえんときじゃから。」

校長とは、父の友人というとくべつの関係だから、それだけですんだらしい。だがこのことは、明かるい大石先生の顔をいつとなくかげらすもとになった。たいして気にもとめていなかった『草の実』のことと同じく、消しがたいかげりをだんだんこくしていった。

六年生の秋の修学旅行は、時節がらいつもの伊勢《いせ》まいりをとりやめて、近くの金毘羅《こんぴら》ということにきまった。それでも行けない生徒がだいぶいた。働きにくらべて倹約な田舎のことである。宿屋にはとまらず、三食分の弁当をもってゆくということで、ようやく父兄のさんせいを得た。それでも二組あわせて八十人の生徒のうち、行けるというのは六割だった。ことに岬の村の子どもらときたら、ぎりぎりの日まできまらず、そのわけを、おたがいにあばきだしては、内情をぶちまけた。

「先生、ソンキはな、ねしょんべんが出るさかい、旅行に行けんので。」

マスノがいう。

「だって、宿屋にはとまらんのですよ。朝の船で出て、晩の船でもどってくるのに。」

「でも、朝の船四時だもん、船ん中でねるでしょう。」

「ねるかしら、たった二時間よ。みな、ねるどころでないでしょうに。それよりマスノさんはどうしてゆかんの。」

「風邪《かぜ》ひくといかんさかい。」

「あれあれ、大事なひとり娘。」

「そのかわり、旅行のお金、倍にして貯金してもらうん。」

「そうお、貯金はまたできるから、旅行にやってって、いいなさいよ。」

「でも、怪我するといかんさかい。」

「あら、どうして。旅行すると風邪ひいたり怪我したりするんなら、だれもいけないわ。」

「みんな、やめたらええ。」

「わあ、お話にならん。」

先生はにが笑いをした。

「先生、ぼくはもう、金毘羅さんやこい、うちの網船で、三べんもいったから、いきません。」

森岡正がそういってきた。

「あらそう。でもみんなといくの、はじめてでしょう。いきなさいよ。あんたは網元だからこれからだって、毎年いくでしょうがね。先生いっとくから。修学旅行の金毘羅まいりが一ばんおもしろかった、とあとできっと思いますからね。」

加部小ツルは、じぶんも行かないといいながら、やはり行かない木下富士子のことを、こんなふうにいった。

「せんせ、富士子さん家《く》、借銭《しゃくせん》が山のようにあって旅行どころじゃないいん。あんな大きな家でも、もうすぐ借銭のかたにとられてしまうん。家の中、もう、なんちゃ売るもんないんで。」

「そんなこと、いわんものよ。」

かるく背中をたたくと、小ツルはぺろっと舌を出す。

「いやな子！」

そういいながら思いだすのは富士子の家だった。はじめて岬へ赴任したときでも、もう明日にも人手に渡りそうな噂だったその家は、蔵《くら》の白壁が北側だけごっそりはげていた。古い家に生まれた富士子は、いかにもその家柄《いえがら》を背負ったように落ちつきはらっていて、めったに泣かず、めったに笑わない少女だった。小ツルなどからあからさまなことをいわれても、じろりと冷たい目で睨《にら》みかえす度胸は、だれにもまねのできないものだ。「くさっても鯛《たい》」という彼女のあだ名は、彼女の父の口ぐせからきており、彼女はそれに満足しているところがみえた。

そこへゆくと小ツルなどはさっぱりしたもので、人のこともいうが、じぶんのことをいわれても、べつに気にとめないふうだった。一家そろってはたらき、そのはたらきを表看板《おもてかんばん》にして裏も表もなかった。たとえば小ツルのあだ名は「目っつり」といわれている。たいしたきずではないが、まぶたの上のおできのあとがひっつれているからだ。ふつうなら、ことに女の子は「目っつり」などとなぶられれば泣きたくなるだろうが、小

ツルはちがっていた。まるで人ごとのようにわだかまりのないようすで、

「目っつり目っつりと、やすやすいうてくれるな。目っつりも、なろうと思うてなれる目っつりとちがうぞ。」

それは彼女の母たちがそういっていたからであろう。旅行にゆけないわけをも、彼女はざっくばらんにいうのだ。

「わたしン家《く》なあ先生、こないだ頼母子講《たのもしこう》をおとして、大きい船を買うたん。だから、倹約せんならんの。こんぴらまいりは、じぶんで金もうけするようになってから、いくことにきめた。」

それで他人のふところも遠慮なくのぞきこんで、人のことはいうなといっても平気でいう。ミサ子が行かないのはよくばりだからだの、コトエや早苗はきょうだいが多くて、旅行どころでなかろうとかと。

ところが前々日になると、旅行志望者はきゅうにふえて、岬ではマスノをのけてみんながゆくということになった。

そのきっかけは、だまりやの吉次が、山出しをしてもうけた貯金をおろして申しこみをしたことにあるようだった。吉次がゆけば、どうしたってだまっていられないのがソ

ンキであった。磯吉は、じぶんも豆腐や油あげを売り歩いてもらった歩金《ぶきん》を貯金していたのだ。ソンキさえも行くとなると、どうしたって正や竹一がやめるわけにはゆかない。正も網ひきで、もうけた貯金を思いだすし、竹一も卵を売ってためた金でゆくといいだした。倹約な岬の村の子どもらは、こんなことで貯金をおろすことを思いつかなかったのだ。正など、おろさなくてもよいといわれながら、どうしてもおろすのだといって、竹一といっしょにわざわざ郵便局へいったりした。

男の子のほうがそうなると、女の子のほうもだまっていられない。いちばん心配のないミサ子は、富士子をさそった。二人の母親たちが仲がよかったからだ。螺鈿《らでん》の硯箱《すずりばこ》が富士子には知らせずにミサ子の家へゆき、それで富士子はゆけることになった。二人のことがわかると、じっとしていられなくなったのは小ツルである。彼女はさっそくさわぎだした。

「ミイさんも富士子さんも旅行にいくウ。うちも貧乏質《びんぼうしち》においてやってくれエ。」

小ツルはほんとうにそういって、地だんだふんで泣いた。そのために彼女の細い目はよけい細く、はれぼったくなった。小ツルの母親は、小ツルとそっくりの目を糸のようにして笑いだし、むつかしい問題を出した。

「ミイさんとこは金もちじゃし、富士子さんとこはおまえ、なんというたって庄屋じゃもん。あんな旦那衆《だんなしゅう》のまねはできん。じゃがな、もしもコトやんが行くんなら、小ツもやってやる。一ぺんコトやんと相談してこい。」

とうていコトエはゆくまいと思ってそういったのであろう。ところが、走っていった小ツルはにこにこしてもどってきた。はあはあ肩でいきをしながら、

「コトやん、いくいうた。」

「ほんまかいや。」

「ほんま、ばあやんがおって、そういうたもん。」

あまりのかんたんさに小ツルの母親はうたがいをもち、ききにいった。出しゃばりの小ツルがそんなふうにもっていったのではないかと思ったのである。

「うちの小ツが、しゃしゃりでたことといいにきたんじゃないかえ。」

さぐるようにいうと、漁師なみに陽《ひ》やけしたコトエの母は、まっ白くみえる歯を見せて笑い、

「一生に一ぺんのことじゃ、やってやりましょいな、こんなときこそ。いつも下子《したこ》の子守りばっかりさして、苦労さしとるもん。」

「そりゃ、うちの小ツも同じこっちゃ。しかし、なに着せてやるんぞな?」

「うちじゃあ、思いきって、セーラー買うてやろうと思う。」

「はした金じゃ、買えまいがの。」

「ま、そんなこといわんと、買うてやんなされ、下子も着るがいの。」

「ふーん。」

「早苗さんも、そうすることにしたぞな。小ツやんにもひとつ、ふんぱつしてあげるんじゃな。」

「そうかいの。早苗さんも、のう。そうなると、小ツもじっとしておれんはずじゃ。やれやれ。そんならひとつ、貧乏質におこうか。」

こんないきさつがあったのだ。ところが、当日になると、早苗は、風邪ぎみでゆけないといった。しかし早苗はのどが痛いのでも、鼻がつまっていたのでもない。痛かったり、つまったりしたのは、お母さんの財布の口のほうで、早苗のために売りにいった珊《さん》瑚《ご》の玉のついたかんざしは思う値《ね》で売れず、洋服を買うことができなかったのだ。人の足もとをみてからにと、早苗の母は、その古手屋《ふるてや》(古物商)のことをいつまでもおこりながら、早苗にはやさしく、

「着物きて、いくか。」

早苗が泣きそうな顔をすると、

「姉《ねえ》やんの、きれいな着物に腰あげして着ていくか。」

「…………」

「お前だけ着物きていくのがいやなら、やめとけ。そのかわり、洋服を買おうや。どうする?」

「…………」

早苗はぽろっと涙をこぼし、くいしばった口もとをこまかくふるわせていた。二つのうちどちらをとってよいか判断がつかなかったのだ。しかし母親のこまって泣きそうな顔に気づくと、きゅうに早苗の決心はついた。

「旅行、やめる。」

こんないきさつがあったとは、だれもしらず、修学旅行は六十三人の一団で出発した。男と女の先生が二人ずつで、もちろん大石先生も加わっていた。午前四時にのりこんだ船の中ではだれも眠ろうとする者はなく、がやがやのさわぎのなかで、「こんぴらふねふね」を歌うものもいた。

そんななかで、大石先生はひとり考えこんでいた。その考えから、いつもはなれないのが早苗だった。

ほんとに、風邪けだったのかしら？

早苗のほかにも、十幾人かの子どもがそれぞれの理由で旅行にこられなかったのだが、とくべつに早苗が気になるのは、岬の生徒で、彼女ひとりが不参加だからかもしれぬ。六年になってから、マスノはすっかり母たちの家へ移っていたので、もう岬の仲間ではなくなっていた。たったひとり、あの岬の道を学校へゆく今日の早苗を思うと、今日を休みにしなかったことが、かわいそうに思えた。先生もいない教室でしょんぼりと自習している生徒たちを思うと早苗ばかりでなく、かわいそうだった。

こんぴらは多度津《たどつ》から一番の汽車で朝まいりをした。また「こんぴらふねふね」をうたい、長い、石段をのぼってゆきながら汗を流しているものもある。そんななかで大石先生はぞくりとふるえた。屋島への電車の中でも、ケーブルにのってからも、それはときどき全身をおそった。膝のあたりに水をかけられるような不気味さは、あたりの秋色をたのしむ心のゆとりもわかず、のろのろと土産物《みやげ》屋にはいり、同じ絵はがきを幾組も買った。せめて残っている子どもたちへのみやげにと思ったのである。

屋島をあとに、最後のスケジュールになっている高松に出、栗林《りつりん》公園で三度目の弁当をつかったとき、大石先生は、大かた残っている弁当を希望者にわけて食べてもらったりした。弁当までが心の重荷になっていたことに気づき、それでほっとした。夕やみのせまる高松の街を、築港《ちっこう》のほうへと、ぞろぞろ歩きながら、早く帰って思うさま足をのばしたいと、しみじみ考えていると、

「大石先生、あおい顔よ。」

田村先生に注意されると、よけいぞくりとした。

「なんだか、疲れましたの。ぞくぞくしてるの。」

「あら、こまりましたね。お薬は?」

「さっきから清涼丹《せいりょうたん》をのんでますけど。」といいさして思わずふっと笑い、

「清涼でないほうがいいのね。あつういウドンでも食べると……。」

「そうよ。おつきあいするわ。」

そうはいったが前にもうしろにも生徒がいる。それを桟橋《さんばし》の待合所までおくってからのことにした。男先生たちに事情をいって、一人ずつそっとぬけだし、目だたぬよう大通りをすぐ横丁にはいった。そこでも土産物やたべものの店がならんでいた。軒の低い

家並《やなみ》に、大提灯《ちょうちん》が一つずつぶらさがっていて、どれにもみな、うどん、すし、さかななどと、太い字でかいてあった。せまい土間の天井を季節の造花もみじで飾ってある店を横目で見ながら、

「大石先生、うどんや風ぐすりというのがあるでしょ、あれもらったら？」

そうね、と返事をしようとしたとたん、

「てんぷら二丁《ちょう》ッ！」

威勢のよい少女の、よくひびく声が大石先生をはっとさせた。あっと叫びそうになったほど、心にひびく声であった。このあたりにはめずらしい、縄《なわ》のれんの店の中からそれはひびいてきたのだった。思わずのぞくと、髪を桃《もも》われにゆったひとりの少女が、ビラビラかんざしといっしょに造花のもみじをも頭にかざり、赤い前かけに両手をくるむようにして、無心な顔で往来のほうを向いて立っていた。それはどうしても、大石先生として見のがせぬ姿であった。立ちどまった先生たちを客と見たのか、少女はさっきと同じ声で叫んだ。

「いらっしゃーい。」

それはもう、じぶんの声にさえ、いささかも疑問をもたない叫びであった。日本髪に、

ませたぬき衣紋《えもん》の変わった姿とはいえ、長いまつ毛はもう疑う余地もなかった。

「松江さん、あんた、マッちゃんでしょ。」

はいってきた客に、いきなり話しかけられ、桃われの少女はいきをのんで一足さがった。

「大阪へいったんじゃなかったの。マッちゃん、ずっとここにいたの?」

のぞきこまれて松江はやっと思いだしでもしたように、しくしく泣きだした。思わずその肩をかかえるようにして縄のれんの外につれ出すと、奥からあわただしい下駄《げた》の音といっしょに、おかみさんもとびだしてきた。

「どなたですか、だまってつれ出されたら、こまりますが。」

うさんくさそうにいうのへ、松江ははじめて口をきき、おかみさんのうたがいを打ち消すように小声でいった。

「大石先生やないか、お母はん。」

うどんはとうとう食べるひまがなかった。

七　羽ばたき

修学旅行から大石先生の健康はつまずいたようだった。三学期にはいってまもなくのこと、二十日近く学校を休んでいる大石先生の枕《まくら》もとへ、ある朝一通のはがきがとどいた。

拝啓、先生の御病気はいかがですか。私は毎日、朝礼の時になると、心配になります。大石先生がいないとせいがないと、小ツルさんや富士子さんもいっています。男子もそういっています。先生、早くよくなって、早くきてください。岬組はみんな心配しています。小夜奈良《さよなら》。

岬組の生徒たちの真情にふれた思いで、ふと涙ぐんだ先生も、最後の小夜奈良で、思わずふきだした。早苗からだった。

「さよならを、ほら、こんなあて字がはやってるんよ、お母さん。」

朝食をはこんできた母親に見せると、

「字もうまいでないか、六年生にしちゃあ。」

「そう、一ばんよくできるの。師範へいくつもりのようだけど、少しおとなしすぎる。あれで先生つとまるかな。」

口ではなかなか意志表示をしない早苗のことを心配していうと、

「だけど、おまえ、久子だって六年生ぐらいまでは口数のすくない、愛嬌《あいきょう》のない子だったよ。それがまあ、このせつはどうして、口まめらしいもの。」

「そうかしら、わたし、そんなに口八丁?」

「だって、教師が口が重たかったらこまるでないか。」

「そうよ。だからわたし、この山石早苗という子が、教壇に立ってものがいえるかしらと、心配なの。」

「じぶんのこと忘れて。久子だって人の前じゃろくに唱歌もうたえなかったじゃないか。それでもちゃんと、一人前《いちにんまえ》になったもの。」

「ふーん。そうだったわ。いま唱歌すきなの、もしかしたら子どものときの反動かな。」

「ひとりっ子のはにかみもあったろうがね。そのはがきの子もひとりっ子かい。」

「ううん。六人ぐらいのまん中よ。姉さんは赤十字の看護婦だそうよ。じぶんは先生になりたいって、それも綴方《つづりかた》に書いてあるの。きいたって口ではいわないくせに、綴方だと、すごいこと書くのよ。これからは女も職業をもたなくては、うちのお母さんのように、つらい目をする、なんて。よっぽどつらい目をみてるらしいの。」

「おまえと同じじゃないか。」

「でもわたしは、小さいときからちゃんと人にもいってたわ。先生になる、先生になるって。山石早苗ときたら、何にもいやしない。いつでもみんなのうしろにかくれているみたいなくせに、書かせるとちゃんとしてるの。」

「いろいろ、たちがあるよ。こうしてはがきをよこしたりするところ、なかなかうしろにかくれちゃいないから。」

「そうなの。そして、小夜奈良なんだもの、おもしろい。」

はがき一枚につりこまれて思わずすすんだ朝食だった。そのあとも、まるで鏡にでも見入るようにそのはがきを見つめ、やがては子どもたちのことがつぎつぎと浮かんできた。川本松江はどうしたであろうか。

――てんぷら一丁ッ！

かん高に叫んでいた桃われの娘。栈橋前「しまや」という看板をおぼえてかえり、手紙を出してみたが、返事はこなかった。小学校四年生しか修《おさ》めていない子どもには手紙をかくすべもわからなかったのだろうか。それとも本人の手に渡ったかどうかもあやしい……。あの夜、うさんくさそうに出てきたおかみさんも、事情がわかるとさすがにあいそよく、

「まあま、それはそれは。ようきておくれましたな。さ、先生、どうぞおかけなさんせ。」

中へ招じいれ、せまい畳《たたみ》の縁台《えんだい》に小さな座ぶとんを出してすすめたりした。しかし話をするのはおかみさんばかりで、松江はだまってつっ立っていた。いつのまにか男の生徒が五、六人やってきて、縄のれんの向こうに顔をならべているのを見ると、大石先生は立ちあがらずにいられなかったのだ。

「じゃあまたね。もうすぐ船がくるでしょうから。」

いとまをつげたが、べつに見送りにもこなかった。許されなかったのであろう。わざとふりむきもせず、さっさと歩きだすと、ぞろぞろついてきた生徒たちは思い思いのことをいった。

「先生、だれかな、あの子?」

「先生、あのうどんやと、一家《いっけ》(親類)かな?」

本校にはたった一日しか顔を出さなかった松江を、だれも松江と気づいていないのは、その中に岬の子どもがまじっていなかったからであろう。へたにさそい出したりしなかったことを、松江のためによろこびながら、今でも一種のもどかしさで思いだされる松江であった。同じ年に生まれ、同じ土地に育ち、同じ学校に入学した同い年の子どもが、こんなにせまい輪の中でさえ、もうその境遇は格段の差があるのだ。母に死なれたということで、はかりしれぬ境遇の中にほうり出された松江のゆくすえはどうなるのであろうか。彼女といっしょに巣立《すだ》った早苗たちは、もう未来への羽ばたきを、それぞれの環境のなかで支度《したく》している。将来への希望について書かせたとき、早苗は教師と書いていた。子どもらしく先生と書かずに、教師と書いたところに早苗の精いっぱいさがあり、甘っちょろいあこがれなどではないものを感じさせた。六年生ともなれば、みんなもうエンゼルのように小さな羽を背中につけて、力いっぱいに羽ばたいているのだ。

変わっているのは、マスノの志望であった。学芸会に「荒城の月」を独唱して全校をうならせたマスノは、ひまさえあれば歌をうたい、ますますうまくなっていた。歌にむかうとき彼女の頭脳は特別のはたらきをみせ、楽譜《がくふ》をみてひとりで歌った。田舎の子どもとしては、それはじつに珍しいことだった。彼女の夢のゆきつくところは音楽学校であり、そのために彼女は女学校へゆくといった。

女学校組はマスノのほかにミサ子がいた。あまりできのよくないミサ子は、受験のための居残り勉強にいんうつな顔をしていた。彼女の頭は算数の原理を理解する力も、うのみにする記憶力にもかけていた。しかもそれをじぶんでよく知っていて、無試験の裁縫学校にゆきたがった。だが彼女の母はそれを承知せず、毎日、彼女にいんうつな顔をさせた。なんとかして県立高女に入れたい彼女の母は、熱心に学校へきていた。その熱意で娘の脳みその構造が変わりでもするように。それでもミサ子は平気だった。

「わたしな、数字みただけで頭が痛《いと》うなるんで。県立の試験やこい、だれがうけりゃ。その日になったら、わたし、病気になってやる。」

彼女は算数のために落第することを見こしているのだ。そこへゆくと、コトエはまるで反対である。家でだれにみてもらうというでもないのに、数の感覚はマスノの楽譜と同じだった。いつもコトエは満点であった。その他の学課も早苗についでよくできた。彼女ならば女学校も難なく入れるであろうに、コトエは六年きりでやめるという。あきらめているのか、うらやましそうでもないコトエに、たずねたことがある。

「どうしても六年でやめるの？」

彼女はこっくりをした。

「学校、すきでしょ。」

またうなずく。

「そんなら、高等科へ一年でもきたら？」

だまってうつむいている。

「先生が、家の人にたのんであげようか？」

するとコトエははじめて口をひらき、

「でも、もう、きまっとるん。約束したん。」

さびしそうな微笑を浮かべていう。

「どんな約束？　だれとしたの？」

「お母さんと。六年でやめるから、修学旅行もやってくれたん。」

「あら、こまったわね。先生がたのみにいっても、その約束、やぶれん。」

コトエはうなずき、

「やぶれん。」とつぶやいた。そして、前歯をみせて泣き笑いのような顔をし、

「こんどは敏江が本校にくるんです。わたしが高等科へきたら、晩ごはんたくもんがないから、こんどはわたしが飯たき番になるんです。」

「まあ、そんなら今ごろは四年生の敏江さんがごはんたき?」

「はい。」

「お母さん、やっぱり漁にいくの、まい日?」

「はい、大かた毎日。」

いつかコトエは綴方に書いていた。

私は女に生まれて残念です。私が男の子でないので、お父さんはいつもくやみます。私が男の子でないので、漁についていけませんから、お母さんがかわりにゆきます。だからお母さんは、私のかわりに冬の寒い日も、夏の暑い日も沖にはたらきにいきます。私は大きくなったらお母さんに孝行つくしたいと思っています。

これなのだと、大石先生はさっした。まるで女に生まれたことをじぶんの責任ででも

あるように考えているコトエ。それがコトエを、何ごとにもえんりょぶかくさせているのだ。だれがそう思わせたのかといってみてもまにあわぬ。コトエはもう六年生でやめることを、わが身の運命のようにうけいれているのだ。

「でもねコトエさん――。」

それはまちがっているのだといおうとしてやめた。感心ね、といおうとしてそれもやめた。気のどくねというのも口を出なかった。

「残念ですね。」

それはいかにも適切なことばであったが、コトエはそれでなぐさめられ、気持が明るくなったらしい。少し反《そ》っ歯《ば》の大きな前歯をよけいむきだして、

「そのかわり、えいこともあるん。さらい年敏江が六年を卒業したら、こんどはわたしをお針屋《はりや》へやってくれるん。そして十八になったら大阪へ奉公にいって、月給みんな、じぶんの着物買うん。うちのお母さんもそうしたん。」

「そしてお嫁にゆくの?」

コトエは一種のはにかみをみせて、ふふっと笑った。それはもうわが手では動かすことのできぬ運命ででもあるように、彼女はそれに服従しようとしている。そこにはもう、

与えられる運命をさらりとうけようとする女の姿があった。二十《はたち》にもなれば、彼女はある日ハハキトクの偽《にせ》電報一本で奉公先から呼びかえされ、危篤のはずの母たちの膳立《ぜんだ》てのまま、よくはたらく百姓か漁師の妻になるかもしれぬ。

彼女の母もそうであった。そして六人の子を生んだ。五人まで女であったために、それがじぶんひとりの責任であるかのように夫の前で気がねしていた。その気がねがコトエにもうつって、彼女もえんりょぶかい女になっていた。夫にしたがって毎日沖にでている漁師の妻は、女とは思えぬほど陽にやけた顔をし、潮風にさらされて髪の毛は赤茶けてぼうぼうとしていた。しかもそれで不平不満はなかったかのように、じぶんの歩いた道をまた娘に歩かせようとし、娘もそれをあたりまえの女の道とこころえている。そこにはよどんだ水が流れの清冽さをしらないような、古さだけがあった。正直いちずな貧しい漁師の一家にとっては、それが円満具足《えんまんぐそく》のかぎりなのだろうかと、ひとりもどかしがる大石先生だった。さりとてコトエを高等科に進学させることで、貧しい漁師一家の考えが一新されるものではないと思うと、空を眺めてためいきをするよりなかった。

教師と生徒の関係が、これでよいのかと疑問をもつと、そこに出てくる答は、『草の実』の稲川先生であった。国賊にされ、刑務所につながれた稲川先生は、ときどき獄中から、蟻《あり》のようにこまかい字の手紙を教え子によせるということだったが、なんの変わったこともないありきたりの手紙も、生徒には読んで聞かされないという噂だった。そんなものであろうか。教室の中で、国定教科書を通してしか結びつくことをゆるされないそらぞらしい教師と生徒の関係、たとえ生徒のほうでかってに関をのりこえてこようとも、上手に肩すかしをくわさねば、思いがけない落とし穴があることを知らねばならなかった。みんなの耳と目が知らずしらず人の秘密をうかがいさぐるようになっているのだ。しかしまた時には、別のことで思いがけないいたずらに引きずりこまれたりもする。病気のためしばらく休むといったとき、小ツルなど、胸もとに手を入れるような無遠慮さで、ぬけぬけといった。

「先生の病気、つ、わ、りですか?」

思わず赤くなると、やんやとはやすものもいた。子どものくせに、と思ったが、肩をすかさずに答えた。

「そうなの。ごめんなさい。ごはん食べれないから、こんなにやせたんだもん、少し元気になってからくるわ。」

そのときからの欠勤だった。休むと宣言したとき、だれよりも心配そうな顔をしたのがやはり早苗だったことなど思いだし、六年前の写真をとりだしてみた。十三枚焼きましをしておきながら、なんとなく渡しそびれてそのままになっている写真は、袋のまま写真ブックのあいだにはさまっていた。あどけない顔をならべているなかで、小ツルはやはりいちばん大人っぽかった。このときからずぬけて背も高い小ツルは、今ではみんなより二つほども年上に見えた。おかっぱか横分けにしているなかで、彼女ひとりは支那の少女のように前髪をさげて、ひとり大人ぶっているのだ。マスノが岬の道づれでなくなってから、彼女はひとりいばっているふうであった。高等科をおえると産婆《さんば》学校にゆくのが目的なのも、おませな彼女につわりの興味をもたせたのかもしれない。

岬の女子組では、あとに富士子が一人いるが、彼女の方向だけはきまっていなかった。いよいよ、こんどこそ家屋敷が人手に渡るという噂も、卒業のさしせまった富士子の動きをきめられなくしているのだろうと思うと、コトエと同様、あなたまかせの運命が彼女を待ちうけていそうであわれだった。やせて血のけのない、白く粉《こ》のふいたような顔をした富士子は、いつも袖口に手をひっこめて、ふるえているように見えた。陰《いん》にこもったような冷たい一重《ひとえ》まぶたの目と、無口さだけが、かろうじて彼女の体面を保ってでもいるようだ。

そこへゆくと、男の子はいかにもはつらつとしている。

「ぼくは、中学だ。」

竹一が肩をはるようにしていうと、正もまけずに、

「ぼくは高等科で、卒業したら兵隊にいくまで漁師だ。兵隊にいったら、下士官《かしかん》になって、曹長《そうちょう》ぐらいになるから、おぼえとけ。」

「あら、下士官……。」

不自然にことばを切ったが、先生の気持の動きにはだれも気がつかなかった。月夜の蟹とやみ夜の蟹をわざわざもってきたような正が下士官志望は思いがけなかったのだが、彼にとっては大いにわけがあった。徴兵《ちょうへい》の三年を朝鮮の兵営ですごし、除隊にならずにそのまま満州事変に出征した彼の長兄が、最近伍長《ごちょう》になって帰ったことが正をそそのかしたのだ。

「下士官を志望したらな、曹長までは平ちゃらでなられるいうもん。下士官は月給もらえるんど。」

そこに出世の道を正は見つけたらしい。すると竹一も、まけずに声をはげまして、

「ぼくは幹部候補生になるもん。タンコに負けるかい。すぐに少尉じゃど。」

吉次や磯吉がうらやましげな顔をしていた。竹一や正のように、そしてその日の暮しにはこまらぬ家庭の息子とはちがう吉次や磯吉が、戦争について、家でどんなことばをかわしているか知るよしもないが、だまっていても、やがては彼らも同じように兵隊にとられてゆくのだ。その春(昭和八年)日本が国際連盟を脱退して、世界の仲間はずれになったということにどんな意味があるか、近くの町の学校の先生が牢獄につながれたことと、それがどんなつながりをもっているのか、それらのいっさいのことを知る自由をうばわれ、そのうばわれている事実さえ知らずに、田舎の隅ずみまでゆきわたった好戦的な空気に包まれて、少年たちは英雄の夢を見ていた。

「どうしてそんな、軍人になりたいの?」

正にきくと、彼はそっちょくに答えた。

「ぼく、あととりじゃないもん。それに漁師よりよっぽど下士官のほうがえいもん。」

「ふーん。竹一さんは?」

「ぼくはあととりじゃけんど、ぼくじゃって軍人のほうが米屋よりえいもん。」

「そうお、そうかな。ま、よく考えなさいね。」

うかつにものいえない窮屈さを感じ、あとはだまって男の子の顔を見つめていた。

正が、なにか感じたらしく、

「先生、軍人すかんの」ときいた。

「うん、漁師や米屋のほうがすき。」

「へえーん。どうして？」

「死ぬの、おしいもん。」

「よわむしじゃなあ。」

「そう、よわむし。」

そのときのことを思いだすと、今もむしゃくしゃしてきた。これだけの話をとりかわしたことで、もう教頭に注意されたのである。

「大石先生、あかじゃと評判になっとりますよ。気をつけんと。」

――ああ、あかとは、いったいどんなことであろうか。この、なんにも知らないじぶんがあかとは――

寝床の中でいろいろ考えつづけていた大石先生は、茶の間にむかって呼びかけた。

「おかあ、さん、ちょっと。」

「はいよ。」

立ってはこずに襖越《ふすまご》しの返事は、火鉢《ひばち》のわきにうつむいた声であった。

「ちょっと相談。きてよ。」

足音につづいて襖があくと、指ぬきをはめた手を見ながら、

「わたし、つくづく先生いやんなった。三月でやめよかしら。」

「やめる? なんでまた。」

「やめて一文《いちもん》菓子屋でもするほうがましよ。まい日まい日忠君愛国《ちゅうくんあいこく》……。」

「これッ。」

「なんでお母さんは、わたしを教師なんぞにならしたの、ほんとに。」

「ま、ひとのことにして。おまえだってすすんでなったじゃないか。お母さんの二の舞いふみたくないって。」

「そのほうがまだましよ。まったく老眼鏡かけてまで、ひとさまの裁縫はしたくないよ。」

「一年から六年まで、わたしはわたしなりに一生けんめいやったつもりよ。ところがどうでしょう。男の子ったら半分以上軍人志望なんだもの。いやんなった。」

「とき世時節《よじせつ》じゃないか。お前が一文菓子屋になって、戦争が終るならよかろうがなあ。」

「よけい、いやだわたし。しかも、お母さんにこりもせず、船乗りのお婿《むこ》さんもらったりして、損した。このごろみたいに防空演習《ぼうくうえんしゅう》ばっかりあると、船乗りの嫁さん、いのちちぢめるわ。あらしでもないのに、どかーんとやられて未亡人なんて、ごめんだ。そいって、今のうちに船乗りやめてもらおかしら。二人で百姓でもなんでもしてみせる。せっかく子どもが生まれるのに、わたしはわたしの子にわたしの二の舞いふませたくないもん。やめてもいいわね。」

早口にならべたてるのを、にこにこ笑いながらお母さんは聞いていたが、やがて、幼い子どもでもたしなめるようにいった。

「まるで、なんもかもひとのせいのようにいう子だよ、おまえは。すきできてもらった婿どのでないか。お母さんこそ、文句いいたかったのに、あのとき。わたしの二の舞いふんだらどうしょうと思って。でも、久子が気に入りの人なら仕方がないとあきらめた。それを、なんじゃ、今さら。」

「すきと船乗りはべつよ。とにかくわたし、先生はもういやですからね。」

「ま、すきにしなされ。今は気が立ってるんだから。」

「気なんか立っていないわ。」

学校でとはだいぶちがう先生である。しかしそのわがままないいかたのなかには、人の命をいとおしむ気持があふれていた。

やがておちついてふたたび学校へかようようにはなったが、新学期のふたをあけると大石先生はもう送りだされる人であった。惜しんだりうらやましがる同僚もいたが、とくに引きとめようとしないのは、大石先生のことがなんとなく目立ち、問題になっていたからだ。それなら、どこに問題があるかときかれたら、だれひとりはっきりいえはしなかった。大石先生自身はもちろん知らなかった。しいていえば、生徒がよくなつくというようなことにあったかもしれぬ。

その朝七百人の全校生徒の前に立った大石先生は、しばらくだまってみんなの顔を見まわした。だんだんぼやけてくる目に、新しい六年生の一ばんうしろに立って、一心にこちらを見ている、背の高い仁太の顔がそれとわかると、思わず涙があふれ、用意していた別れのあいさつが出てこなかった。まるで仁太が総代《そうだい》でもあるように、仁太の顔にむかっておじぎをしたようなかたちで、壇をおりた。高等科の列の中から正や吉次や、小ツルや早苗のうるんだまなざしが一心にこちらをみつめているのを知ったのは、壇をおりてからだった。お昼の休みに別棟にある早苗たちの教室のほうへゆくと、いち早く小ツルが見つけて走ってきた。

「せんせ、どうしてやめたん?」

めずらしく泣きそうにいう小ツルのうしろから、早苗の目がぬれて光っていた。あんなに女学校女学校と、まっさきになってさわいでいたマスノが、結局は高等科へ残ったというのに、その姿が見えないことについて、小ツルは例によって尾ひれをつけていった。

「マアちゃんな先生、おばあさんとお父さんが反対して女学校いくの、やめたん。料理屋の娘が三味線《しゃみせん》というならきこえる(わかる)が、学校の歌うたいになってもはじまらんいわれて。マアちゃんやけおこして、ごはんも食べずに泣きよる。——それからな先生、ミサ子さんの学校は女学校とちがうんで。学園で。ミドリ学園いうたら、生徒は三十人ぐらいで、仕立屋に毛がはえたような学校じゃと。そんなら高等科のほうがよかったのにな、先生。」

思わず笑わせられた先生は、笑ったあとでたしなめた。

「そんなふうにいうもんじゃないわ、小ツやん。それより、マアちゃんどうしたの?」

「ふがわるいいうて、休んどん。」

「ふなんかわるないいうて、なぐさめてあげなさい、小ツやんも早苗さんも。それより、富士子さんどうした?」

「あ、それがなア、先生、びっくりぎょうてん、たぬきのちょうちんじゃ。」

小ツルは声を大きくし、見ひらいても大きくなりっこのない細い目を、無理にひらこうとして眉をつりあげ、

「兵庫へ行ったんで。試験休みのとき、うちの船で荷物といっしょに親子五人つんでいったん。ふとんと、あとは鍋《なべ》や釜《かま》やばっかりの荷物。たんすも大昔のぬりのはげたん一つだけで、あとは行李《こうり》じゃった。富士子さんとこの人、みんな荒働きしたことないさかい、いまに乞食にでもならにゃよかろがって、みな心配しよった。いんま、富士子さんらも芸者ぐらいに売られにゃよかろがって――。」

じぶんとこの運賃、半分は売れのこりの道具ではらったことまでしゃべりつづける小ツルの肩を軽くたたいて、

「小ツルさん、あんたはね、いらんことを、すこし、しゃべりすぎない? あんた産婆さんになるんでしょ。いい産婆さんは、あんまり人のことをいわないほうが、いいことよ、きっと。これね、先生のせんべつのことば。いい産婆さんになってね。」

さすがに小ツルはちょこんと肩をすくめ、

「はい、わかりました。」

三日月の目で笑った。

「早苗さんも、いい先生になってね。早苗さんはもっと、おしゃべりのほうがいいな。これも先生のおせんべつ。」

肩をたたくと、早苗はこっくりしてだまって笑った。

「コトやんにあったら、よろしくいってね。からだ大事にして、いい嫁さんになりなさいって。これおせんべつだって。」

小ツルはすかさず、

「先生も、よいお母さんになりますように、これおせんべつです。」

ふざけて先生の肩をたたいた。小ツルはもうほとんど先生と同じ背の高さになっていた。

「はい、ありがとう。」

思いきり声をあげて笑った。

高等科になって、はじめて男女別組になった教室には、正たちはいなかった。男の子のほうへいって、とくべつに岬の生徒だけに別れのあいさつをするのも気がすすまず、帰ることにした。

「タンコさんソンキさん、キッチンくんらに、よろしくね。気がむいたら、遊びにきなさいっていってね。」

「先生、わたしらは?」

小ツルはすぐあげ足をとる。

「もちろん、きてちょうだい。こいっていわなくても、昔からあんたたちくるでしょう。あ、そうそう。」

写真を出して一枚ずつ渡すと、小ツルはきゃっきゃっとひびきわたる声で笑い、とびとびしてよろこんだ。

その翌日、解《と》きはなたれたよろこびよりも、大事なものをぬきとられたようなさびしさにがっかりして、昼寝をしているところへ、思いがけず竹一と磯吉がつれだってやってきた。あまりに早いことづけの効目におどろきながら、みだれた髪を結いもせずに迎えた。

「ま、よくきてくれたわね。さ、おあがんなさい。」

二人は顔見あわせ、やがて竹一がいった。

「つぎのバスで帰るんです。あと十分か十五分ぐらいだから、あがられんのです。」

「あらそう。そのつぎのにしたら？」

「そしたら、岬へつくのが暗《くろ》うなる。」

磯吉がきっぱりいった。どうやら道々そういう相談をしたらしい。

「あ、そうか。じゃあまってて。先生おくっていくから、歩きながら話しましょう。」

いそいで髪をなおしながら、

「竹一さん、中学いつから？」

「あさってです。」

その態度はもう、中学生だぞといわんばかりで、手には新しい帽子をもっていた。磯吉のほうも見なれぬ鳥打帽《とりうちぼう》を右手にもち、手織り縞《じま》の着物の膝のところを行儀よくおさえていた。

「磯吉さん、きのう学校休んだの？」

「いいえ、ぼくもう、学校へいかんのです。」

そして磯吉はきゅうにしゃちこばり、

「先生、なながお世話になりました。そんなら、ごきげんよろしゅ。」

膝をまげておじぎをした。

「あら、まだよ。いま、いっしょにいきますよ。」

泣き笑いしそうになるのをこらえながら、つれだって出かけた。バスの乗場までは六分かかる。まん中になって歩きだすと、磯吉はすっぽりと頭を包んだ大きな鳥打帽の下から小さな顔をあおのけ、

「先生、ぼく、あしたの晩、大阪へ奉公にいきます。学校は主人が夜学へやってくれます。」

「あらま、ちっとも知らなかった。きゅうにきまったの?」

「はい。」

「何屋さん?」

「質屋《しちや》です。」

「おやまあ、あんた質屋さんになるの?」

「いえ、質屋の番頭です。兵隊までつとめたら、番頭になれるいいました。」

さっきから磯吉はずっと、よそゆきのことばで固くなっている。それをほぐすように、

「いい番頭さんになりなさいね。ときどき先生にお手紙くださいね。きのう、小ツやんに写真ことづけたでしょ。あのときのこと思いだして。」

竹一も磯吉も笑った。

「これ、おせんべつ、はがきと切手なの。」

もらいものの切手帖とはがきを新しいタオルにそえて包んだのを磯吉に渡し、竹一にはノート二冊と鉛筆一ダースを祝った。

「藪入《やぶい》りなんかでもどったときには、きっといらっしゃいね。先生、みんなの大きくなるのが見たいんだから。なんしろ、あんたたちは先生の教えはじめの、そして教えじまいの生徒だもん。仲よくしましょうね。」

「はい。」

磯吉だけが返事をした。

「竹一さんもよ。」

「はい。」

村のはずれの曲り角にバスの姿が見えると、磯吉はもういちど帽子をとっていった。

「せんせ、ながながお世話になりました。そんなら、ごきげんよろしゅ。」

いかにも、それは鸚鵡《おうむ》のようなぎごちなさだった。いいおわるとすぐ帽子をかぶった。大人ものらしい鳥打帽は漫画のこどものようではあったが、似合っていた。新しい学生帽と二つならんで、バスのうしろの窓から手をふっていた二人を、見えなくなるまでおくると、ゆっくりと海べにおりてみた。静かな内海をへだてて、細長い岬の村はいつものとおり横たわっている。そこに人の子は育ち、羽ばたいている。

——ながながお世話になりました。そんならごきげんよろしゅ……

岬にむかってつぶやいてみた。それはおかしさとかなしさと、あたたかさが同時にこみあげてくるような、そしてもっと含蓄《がんちく》のあることばであった。

八　七重《ななえ》八重《やえ》

春とはいえ、寒さはまだ朝の空気の中に、鎌《かま》いたちのようなするどさでひそんでいて、日かげにいると足もとからふるえあがってくる。

Ｋ町のバスの停留所には、この早いのにもう用たしをすましてきた客が二人、下《くだ》りバスをまっていた。六十を二つ三つすぎたらしく見えるおじいさんと、三十前後の女客と。

「ううっ　さぶい！」

思わず出たうめき声のようにつぶやくおじいさんに、

「ほんとに。」

と、女客は話しかけられもしないのに同意した。寒さは人間の心を寄りあわせるらしく、どちらからとなく親しさをみせあった。

「ほんとに、いつまでも寒いことですな。」

「そうです。もう彼岸《ひがん》じゃというのに。」

話しかけた若い女は、四角い包みを胸にかかえこむようにしながら、おじいさんの、むき出しのまま片腕にひっかけている粗末なランドセルに、親しいまなざしをおくり、

「お孫さんのですか?」

「はいな。」

「わたしも、息子のを買《こ》うてきました。」

胸の包みを見やりながら、

「今日売りだすというのを聞いて一番のバスで出かけたんですけど、昔のような品はもう一つもありませなんだ。こんな紙のじゃあ、一年こっきりでしょう。」

おたがいの品物をなげくようにいうと、そうだというようにおじいさんは首をふり、

「ヤミなら、なんぼでもあるといな。」

そして、はっはっと笑った。奥歯のないらしい口の中がまっくらに見えた。女は目をそらしながら、

「きょう日《び》のように、なんでもかでもヤミヤミと、学校のカバンまでヤミじゃあ、こまりますな。」

「銭さえありゃあなんでもかでもあるそうな。甘いぜんざいでも、ようかんでも、あるとこにゃ山のようにあるそうな。」

そういって歯のない口もとから、ほんとによだれをこぼしかけたところは、甘党《あまとう》らしい。口もとを手のひらでなでながら、てれかくしのように、向こう側をあごでしゃくり、

「ねえさん、あっちで待とうじゃないか。日向だけはタダじゃ。」

そういってさっさと反対側乗場のほうへ道を横ぎった。ねえさんと呼ばれて思わずにやりとしながら、女客もあとを追った。——ねえさん、か。と女客は心の中でいってみて、背の高いおじいさんをふりあおぎ、笑いながらたずねた。

「おじいさん、どちらですか?」

「わしか。わしゃ岩が鼻でさ。」

「そうですか。わたしは一本松。」

「ああ一本松なあ。あっこにゃ、わしの船乗り朋輩《ほうばい》があってな。もうとうの昔に死んだけんど、大石嘉吉《かきち》という名前じゃが、あんたらもう、知るまい。」

それをきいたとたんに、女客はとびあがるほどおどろいて、

「あら、それ、わたしの父ですが。」

こんどは、おじいさんが、ひらきなおるようなかっこうで、

「ほう、こいつはめずらしい。そうかいな。今ごろ嘉吉つぁんの娘さんにあうとはなあ。そういや似たとこがある。」

「そうですか。父はわたしが三つのとき死にましたから、なんにもおぼえとりませんけど、小父さん、いつごろ父といっしょでしたの？」

おじいさんを小父さんとあらためて呼んだのも、生きていれば父もこのくらいの年配かと思ったからだ。

いうまでもなく、大石先生の、あれから八年目の姿である。船乗りの妻としてすごした八年間には、腹をたてて教職をひいたあの時とはくらべることもできないほど、世の中はいっそうはげしく変わっていた。日華事変《にっかじへん》がおこり、日独伊防共協定がむすばれ、国民精神総動員という名でおこなわれた運動は、寝言《ねごと》にも国の政治に口を出してはならぬことを感じさせた。戦争だけを見つめ、戦争だけを信じ、身も心も戦争の中へ投げこめと教えた。そしてそのように従わされた。不平や不満は腹の底へかくして、そしらぬ顔をしていないかぎり、世渡りはできなかった。そんななかで大石先生は三人の子の母となっていた。長男の大吉《だいきち》、二男の並木《なみき》、末っ子の八津《やつ》。すっかり世の常の母親になっ

ている証拠に、ねえさんとよばれた。だがよく見ると、目のかがやきの奥に、ただのねえさんでないものがかくれている。

「小父さん、もしよろしかったら、お茶でものみませんか。」

停留所のわきの茶店をさしていった。この年よりから、父親をかぎだそうとしたのである。しかし年よりは、がんこに首をふり、

「いや、もうすぐにバスが来まっそ。ここでよろしいわい。」

年よりのほうもなんとなく、あらたまった態度を見せていた。

「それで、嘉吉つぁんの嫁さんは、おたっしゃかな。」

「はあ、おかげさまで。」

と、いったが、年とった母が、嫁さんと呼ばれたことで思わず笑顔になった。帰ればまずそれを母にいおうと思った。ちょうど上りバスが警笛とともに近づいてきた。上り客でないことをしめすように、急いで標識からはなれたが、バスは止まった。茶店の軒下に立って、おりる客の顔を、見るともなく見ていた。バスはすし詰めの満員で、おりてくるのは若い男ばかりだった。ほとんどみな、ここでおりるかと思うばかり、つぎからつぎへと出口にあらわれる若い顔をみているうち、ふと思いだしたのは、今日この町

の公会堂で徴兵検査《ちょうへいけんさ》がとりおこなわれることだった。ああ、それかと思いながら、若さにみちた個々の顔につぎからつぎへと目をうつしていた。

「あっ、小石先生!」

思わずとびあがるほどの大声だった。ほとんど同時に先生も叫んだ。さそわれるような大声で、

「あらっ、仁太さん!」

そして、あとからあとからとつづいて出てくる顔に向かって、

「あら　あら　みんないるの、まあ。」

仁太につづいて磯吉、竹一、正、吉次と、かつての岬の少年たちはみんなそろった。

「先生、しばらくです。」

東京の大学をあと一年という竹一は、細長くなった顔を、いかにも都会の風に吹かれてきたというようなようすで、まっさきにあいさつした。つづいて神戸の造船所ではたらいている正が、これはいかにも労働者らしく鍛えられた面魂《つらだましい》ながら、人のよい笑顔で頭をさげ、きまりわるげに耳のうしろをかいた。まっていたように磯吉が前に出てきて、

「先生、ごぶさたいたしました。」

少し心配なほど青白い顔に、じょさいない笑いを浮かべた。どこへもゆかずに岬の村で山伐《やまき》りや漁師をしている吉次は、あいかわらず借り猫のようなおとなしさで、みんなのうしろに控え、水ばなをすすりあげながらだまって頭をさげた。仁太ばかりはれいのとおりの無遠慮《ぶえんりょ》さで、あいさつぬきだった。彼は父親を手つだって石けん製造をしているという。経済的には一ばんゆとりがあるらしい仁太は、新調の国民服をきていた。

「先生、こないだ富士子に会うた、富士子に。」

じまんらしく富士子をかさねていう。しかし先生はわざとそれに乗らず、とりまかれた青年の姿をあおぐようにして眺めまわした。八年の歳月は、小さな少年を見あげるばかりのたくましさに育てている。

「そう、検査だったの。もうね。」

涙のしぜんとにじみだす目に五人の姿はぼやけた。いつまでそうもしておられぬと気づくと、きゅうに昔の先生ぶりにもどり、

「さ、いってらっしゃい。そのうち、みんなで一度、先生とこへきてくれない。」

それでいかにも男の子らしくあっさりと離れてゆくうしろ姿を、さまざまの思いで見おくりながら、久しぶりにじぶんの口で「先生」といったのが、なんとなく新鮮な感じ

で、うれしかった。

ふりかえると、年よりは茶店の横の日だまりに塵《ちり》をよけてまっていた。日あたりのよい生垣《いけがき》の一か所に蕾《つぼみ》をつけた山吹《やまぶき》がむらがり、細い枝は蕾の重さでしなっている。その一枝を無造作《むぞうさ》に折りとり、年よりもまた若者たちを見おくりながら、小さい声で、

「えらいこっちゃ。あやってにこにこしよる若いもんを、わざわざ鉄砲の玉の的《まと》にするんじゃやもんなあ。」

「ほんとに。」

「こんなこと、大きい声じゃいうこともできん。いうたらこれじゃ。」

ランドセルをもったまま両手をうしろにまわし、さらに小声で、

「ほれ、治安維持法《ちあんいじほう》じゃ、ぶちこまれる。」

歯のない口にきゅうに奥歯がはえたような気がするほど若がえった口調だった。治安維持法というものを、彼女はよく知らない。ただ『草の実』の稲川先生が、その治安維持法という法律に違反した行動のために、牢獄につながれ、まもなく出てきてからも復職はおろか、正当なあつかいもうけていないということだけが、その法律とつないで考えられた。稲川先生の母親は、まるで気ちがいのように息子をかばい、今では彼が前非《ぜんぴ》

を悔いあらためていると、会う人ごとに吹聴してまわるのにいそがしいという噂を聞いた。どこまでがほんとうなのか、ただ稲川先生はひとり養鶏《ようけい》をしながら世間ばなれの生活をしていた。彼が世間をはなれたのではなく、世間が彼をよせつけないのだ。彼の卵は、毒でもはいっているかのようにきらわれ、ひところは買手もなかった。時代は人を三匹の猿にならえと強《し》いるのだ。口をふさぎ、目をつむり、耳をおさえていればよいというのだ。ところが今、目の前にいる年よりは目や耳をふたした猿の手をはぎとるようなことをいう。朋輩の娘だとはいえ、はじめて会った女に、なぜ心の奥を見せるようなことをいうのだろうか。

半分は警戒心もおきて、彼女は、それとなく話題をそらせた。

「ところで小父さん、わたしの父とは、いつごろの朋輩でしたの？」

にこっと笑った年よりはまた奥歯のないもとの表情にもどり、

「そうよなあ、十八か、九かな。二人とも大望《たいもう》をもってな。あわよくば外国船に乗りこんで、メリケンへ渡ろうというんじゃ。シアトルにでも行ったとき、海にとびこんで泳ぎ渡ろうという算段よ。」

「まあ。でも、昔はよくあったそうですね。」

「あったとも。メリケンで一もうけしてというんじゃが、じつをいうと、徴兵がいやでなあ。——今ならこれじゃ。」

また手をうしろにまわして笑った。

「とうとう目的成就《じょうじゅ》しなかったわけですか?」

「そういうわけじゃ。もっともそのころは、船に乗っとりさえしたら兵隊には行かいでもすんだからな。そのうち二人とも船乗りがすきになってな。同じ船乗りなら免状《めんじょう》もちになろうというんで、これでも勉強したもんじゃ。学校へ行っとらんもんで、わしらは五年がかりでやっと乙一の運転手になったあ。嘉吉つぁんのほうが一年はよう試験に通ってな、わしも、なにくそと思うて、あくる年にとったのに——。」

そのとき朋輩は難船して行方不明《ゆくえふめい》となり、ついによろこんでもらえなかったというのだ。父の妻としての母からきくのとはちがった父の姿、涙どころか微笑さえ浮かんで想像される若い日の父の姿、語る人の親愛感からであろうか、父はつらつとした好もしい青年であったと知った。その父が徴兵をきらったということは初耳である。それについて一言もしない母は、父からそれをきかなかったのであろうか。それとも例の猿になっていたのか、「嫁さん」と呼ばれたこととともに母にきいてみようと考えながら、話はつきなかった。

「そして小父さん、いつごろまで船に乗っておいでたん?」

「十年ほどまえよ。ようやっとこんまい船の船長になってな。――息子は学校へやって苦労させずに船乗りにしてやろうと思うたら、船乗りはいやじゃときやがる。商業学校にやって、銀行の支店に出とったけんど、とられて、死んだ。」

「とられてって、戦争ですか?」

「そういな。」

「まあ。」

「ノモンハンでさあ。これは、そいつのせがれので。」

ランドセルは年よりの手で強くふられ、中のボール紙がかさこそと音を立てた。――おたがいに、せがれをもつのは心配の種ですね。といおうとしてのみこんだ。

バスでは客がたてこんでいて並ぶことはできなかった。うしろの正面に席をとった大石先生は、じっと目をつぶっていた。思いだすのは、いまのさっき別れた教え子のうしろ姿である。けもののように素っ裸《すばだか》にされて検査官の前に立つ若者たち。兵隊墓に白木《しらき》の墓標《ぼひょう》がふえるばかりのこのごろ、若者たちはそれを、じじやばばの墓よりも関心をもってはならない。いや、そうではない。大きな関心をよせてほめたたえ、そこへつづくことを名誉とせねばならないのだ。なんのために竹一は勉強し、だれのために磯吉は商人になろうとしているのか。子どものころ下士官を志望した正は、軍艦と墓場をむすびつけて考えているだろうか。にこやかな表情の裏がわを見せてはならぬ心ゆるせぬ時世を、仁太ばかりはのんきそうに大声をあげていたが、仁太だとて、その心の奥に何もないとはいえない。

あんな小さな岬の村から出た今年徴兵適齢《てきれい》の五人の男の子、おそらくみんな兵隊となってどこかの果てへやられることだけはまちがいないのだ。無事で帰ってくるものは幾人あるだろう。――もう一人人的資源をつくってこい……そういって一週間の休暇を出す軍隊というところ。生まされる女も、子どもの将来が、たとえ白木の墓標につづこうとも、あんじてはならないのだ。男も女もナムアミダブツで暮せということだろうか。あの組のどうしてものがれることのできない男のたどる道。そして女はどうなるのか。ミドリ学園から東京の七人の女の子のなかで、ミサ子ひとりは苦労をしていなかった。ミドリ学園から東京の花嫁学校にはいり、在学中に養子をむかえてすぐ子どもをうんだ。苦労の多い時代に、これは別格である。風の強い冬の日に、ひとり日光室《にっこうしつ》で日向ぼっこをしているような存在である。

そこへゆくと歌のすきなマスノは、きりきり舞いをするような苦労をした。ただ歌いたいために有頂天になり、親にそむいて幾度か家出をした。無断で応じた地方新聞のコンクールに一等入選し、それが新聞に出たときが家出のはじめだった。そのたびにさがしだされ、連れもどされては、また出る。いつも歌がもとだった。歌をうたいたい歌のじょうずな娘が、なぜ歌をうたってはいけないのだろう。三度目の家出のとき、彼女は芸者になって出ようとしていたという。つれにいった母親に彼女は泣いてしがみつき、

「三味線なら、きこえるというたじゃないかあ。」

彼女の音楽へのはけ口はいつのまにか三味線のほうへ流れていっていたのだ。しかし、彼女の親たちは、そのよしあしはともかくとして、わが身は料理屋で芸者と近づきながら、娘を芸者にするわけにはゆかなかった。マスノは今、その家出中に知りあった年とった男と結婚し、ようやく落ちつきをみせていた。今ではもう、年とった母にかわって、料理屋をきりもりしているという。たまに道で出あうと、なつかしがってとびついてき、

「せんせ、わたし、いつも先生のこと、あいたくてェ。」

涙までためてよろこぶ子どもっぽいしぐさなのに、じみ作りな彼女は二十歳《はたち》やそこら

とは見えなかった。

高等科へもすすめず、嫁にもらわれることを将来の目的として女中奉公に出たコトエはどうなったであろうか。彼女は嫁にもらい手がつくまえに、病気になって帰ってきた。肺病であった。骨と皮にやせて、ただひとり物置に寝ていると聞いてから、だいぶたつ。

高等科に進めなかったもうひとりの富士子については、いやな噂がたっていた。仁太が、富士子に会うた、というのは、遊び女としての富士子との出あいにちがいなかった。仁太の顔にあらわれたものでそうとさとって、わざとききかえさなかったが、噂はとうの昔に小ツルから聞いていた。富士子は親に売られたというのだ。家具や衣類と同じように、今日の一家のいのちをつなぐために、富士子は売りはらわれたのだ。はたらくということを知らずに育った彼女が、たとえいやしい商売女にしろ、売られてそこではじめて人生というものを知ったとしたら、それは富士子のためによろこばねばなるまい。しかし人は富士子をさげすみ、おもしろおかしく噂をした。

今ではもう人の記憶から消えさったかに見える松江といい、今また富士子といい、どうして彼女たちがわらわれねばならないのか。しかし、大石先生の心の中でだけは、彼女たちも昔どおりいたわられ、あたためられていた。

——マッちゃんどうしてる？　富士子さんどうしてる？　ほんとにどうしてる？……

ときどき先生はよびかけていた。

まっとうな道とはどうしても思えぬ富士子たちにくらべると、小ツルや早苗は健康そのものにみえた。優秀な成績で師範を出た早苗は、母校にのこる栄誉を得てその瞳《ひとみ》はますますかがやき、大阪の産婆学校を、これも優等で卒業した小ツルとは、大石先生をまん中にしての仲よしになっていた。実地の勉強をかさねたうえで、小ツルは郷里に帰るのが目的であった。わざとかうっかりか、手紙の宛名《あてな》を大石小石先生と書いてきたりするのだが、人間の成長の過程のおもしろさは、母の予言どおりおしゃべりの小ツルを幾分控《ひか》え目に、無口な早苗をてきぱき屋に育てていた。

二人はすくなくも年に二度、さそいあっておとずれてくる。たいてい夏の休暇と正月で、もってくる土産も同じだった。二人とも同じものというのではない。大阪の小ツルは粟《あわ》おこしだし、早苗は高松で瓦《かわら》せんべいときまっていた。年ごろで、ますます太る一方の小ツルの目は、全く糸のように細くなっていた。どちらかといえばきつい彼女の性格は、この目でやわらげられ、えへ、と笑うと、こちらもいっしょに声をあげて笑いたくなった。えへ、というとき、あとへドサン（土産）といって土産をおくのが小ツルのくせであった。

あるとき小ツルはいった。

「いつも同じドサンで芸がなさすぎると思うことありますけどね、じぶんの子どものときのこと思うと、このドサンでとびとびするほどうれしかったから。」

早苗も同じように瓦せんべいの包みをさし出し、

「阿呆《あほう》の一つおぼえということがありますからね。」

大吉はドサンの姉ちゃんとよんで歓迎し、その日は、一日笑いくらして別れるのがおきまりになっていた。それらのドサンも戦争がながびくにつれ、手に入りにくくなったらしく、昨今は商売物らしいガーゼをくれたり、早苗のほうはノートや鉛筆を、まだ学校でもない大吉のためにもってきたりするようになった。ようやく学齢《がくれい》にたっした大吉のためにランドセルを買いにいっての帰り、はからずも出あった教え子に刺激されてか、もろもろの思い出は胸にあふれた。

一本松でございます。お降りの方は……

車掌の声に思わず立ちあがり、あわてて車内を走った。例の年よりに会釈《えしゃく》もそこそこ、ステップに足をおろすと、いきなり大吉の声だった。

「母ちゃん。」

濁《にご》りにそまぬかん高いその声は、すべての雑念をかなたに押しやってしまおうとする。

「母ちゃん、ぼくもう、さっきからむかえにきとったん。」

いつもならば、ひとりでに笑えてくる、きれいにすんだその声が、今日は少しかなしかった。笑ってみせると大吉はすぐ甘えかかり、

「母ちゃん、なかなか、もどらんさかい、ぼく泣きそうになった。」

「そうかい。」

「もう泣くかと思ったら、ブブーって鳴って、みたら母ちゃんが見えたん。手えふったのに、母ちゃんこっち見ないんだもん。」

「そうかい。ごめん。母ちゃんうっかりしとった。大方、一本松忘れて、つっ走るとこじゃった。」

「ふーん。なにうっかりしとったん?」

それには答えず包みを渡すと、それが目的だといわぬばかりに、

「わあ、これ、ランドセルウ? ちっちゃいな。」

「ちっちゃくないよ。しょってごらん。」

ちょうどよかった。むしろ大きいぐらいだった。大吉はひとりでかけだした。

「おばあ、ちゃーん、ランド　セルウ。」

すっとんでゆきながら足もとのもどかしさを口に助けてもらうかのように、ゆく手のわが家へむかって叫んだ。

肩をふって走ってゆくそのうしろ姿には、無心に明日へのびようとするけんめいさが感じられる。その可憐なうしろ姿の行く手にまちうけているものが、やはり戦争でしかないとすれば、人はなんのために子をうみ、愛し、育てるのだろう。砲弾にうたれ、裂けてくだけて散る人の命というものを、惜しみ悲しみ止めることが、どうして、してはならないことなのだろう。治安を維持するとは、人の命を惜しみまもることではなく、人間の精神の自由をさえ、しばるというのか……

走りさる大吉のうしろ姿は、竹一や仁太や、正や吉次や、そしてあのとき同じバスをおりて公会堂へと歩いていった大ぜいの若者たちのうしろ姿にかさなりひろがってゆくように思えて、めいった。今年小学校にあがるばかりの子の母でさえそれなのにと思うと、何十万何百万の日本の母たちの心というものが、どこかのはきだめに、ちりあくたのように捨てられ、マッチ一本で灰にされているような思いがした。

お馬にのったへいたいさん
てっぽうかついであるいてる
トットコ　トットコあるいてる
へいたいさんは　大すきだ

気ばりすぎて調子っぱずれになった歌が家の中から聞こえてくる。敷居《しきい》をまたぐと、ランドセルの大吉を先頭に、並木と八津がしたがって、家中をぐるぐるまわっていた。孫のそんな姿を、ただうれしそうに見ている母に、なんとなくあてつけがましく、大石先生はふきげんにいった。

「ああ、ああ、みんな兵隊すきなんだね。ほんとに。おばあちゃんにはわからんのかしら。男の子がないから。——でも、そんなこっちゃないと思う……。」

そして、

「大吉ィ！」と、きつい声でよんだ。口の中をかわかしたような顔をして大吉は突っ立ち、きょとんとしている。ハタキと羽子板《はごいた》を鉄砲にしている並木と八津がやめずに歌いつづけ、走りまわっているなかで、大吉のふしんがっている気持をうずめてやるように、いきなり背中に手をまわすと、ランドセルはロボットのような感触で、しかし急激なよろこびで動いた。長男のゆえにめったにうけることのない母の愛撫《あいぶ》は、満六歳の男の子を勝利感に酔わせた。にこっと笑って何かいおうとすると、並木と八津に見つかった。

「わあっ。」

押しよせてくるのを、同じようにわあっと叫びかえしながら、ひっくるめてかかえこみ、

「こんな、かわいい　やつどもを、どうして　ころして　よいものか　わあっ　わあっ。」

調子をとってゆさぶると、三つの口は同じように、わあっ　わあああ　と合わせた。そこにどんな気持がひそんでいるかを知るにはあまりに幼い子どもたちだった。

春の徴兵適齢者たちは、報告書と照らしあわされて、品評会の菜っ葉や大根のようにその場で兵種がきめられ、やがて年の瀬がせまるころ、カンコの声におくられて入営するのが古いころからの慣《なら》わしであった。しかし、日ごとにひろがってゆく戦線の逼迫《ひっぱく》は、

そのわずかな時間的ゆとりさえもなくなり、入営はすぐに戦線につながっていた。船着き場の桟橋《さんばし》に建てられたアーチは、歓送迎門《かんそうげいもん》の額《がく》をかかげたまま、緑の杉の葉は焦茶色に変わってしまった。歓送歓迎のどよめきは年中たえまなく、そのすきまを声なき「凱《がい》旋《せん》兵士」の四角な、白い姿もまた潮風とともにこのアーチをくぐってもどってきた。

日本じゅう、いたるところに建てられたこの緑の門を、数えきれぬほどたくさんの若者たちがくぐりつづけて、やむことを知らぬような昭和十六年、戦線が太平洋にひろがったことで、いっそう、カンコの声はいっそうはげしくなるばかりだった。天皇の名によって宣戦《せんせん》布告《ふこく》された十二月八日のそのずっとまえに、その年の入営者である仁太や吉次や磯吉たちは、もうすでに村にはいなかった。出発の日、いくばくかの餞別《せんべつ》にそえて大石先生は、かつての日の写真をハガキ大に再製してもらっておくった。もう原板はなくなっていた。竹一のほかはみななくしていたので、よろこばれた。

「からだを、大事にしてね。」

そして、いちだんと声をひそめ、

「名誉の戦死など、しなさんな。生きてもどってくるのよ。」

すると、聞いたものはまるで写真の昔にもどったような素直さになり、磯吉などひそかに涙ぐんでいた。竹一はそっと横を向いて頭をさげた。吉次はだまってうつむいた。正はかげのある笑顔をみせてうなずいた。仁太がひとり声に出して、

「先生だいじょうぶ、勝ってもどってくる。」

それとて、仁太としてはひそめた声で「もどってくる」というのをあたりをはばかるようにいった。もどるなどということは、もう考えてはならなくなっていたのだ。仁太はしかし、ほんとうにそう思っていたのだろうか。まっ正直な彼には、おていさいや、ことばのふくみは通用しなかったからだ。仁太だとて命の惜しさについては、人後《じんご》におちるはずがない。それを仁太ほど正直にいったものは、なかったかもしれぬ。彼はかつての日、徴兵検査の係官の前で、甲種合格！と宣言されたせつな、思わず叫んだという。

「しもたァ！」

みんなが吹きだし、噂はその日のうちにひろまった。しかし仁太は、ふしぎとビンタもくわなかったという。仁太のその間髪《かんはつ》をいれぬことばは、あまりにも非常識だったために、係官に正当に聞こえなかったとしたら、思ったことをそのとおりいった仁太はよほどの果報者《かほうもの》だ。みんなにかわって溜飲《りゅういん》をさげたようなこの事件は、近ごろの珍談とし

て大石先生の耳にもはいった。

その仁太は、ほんとに勝ってもどれると思ったのだろうか。ともあれ、出ていったまま一本のたよりもなく、その翌年も半ばをすぎた。ミッドウエーの海戦は、海ぞいの村の人たちをことばのない不安とあきらめのうちに追いこんで、ひそかに「お百度《ひゃくど》」をふむ母などを出した。仁太や正は海軍に配置されていた。平時《へいじ》ならば微笑でしか思いだせない仁太の水兵も、いったまま便りがなかった。

仁太はいま、どこであの愛すべき大声をあげているだろうか――

ひとりを思うとき、かならずつづいて思いだすのは、いつもあのK町のバスの停留所で見た若者たちである。笑うと口の奥がくらく見えた年よりのことである。春寒《はるさ》むの道ばたに、ただの日光をうけて蕾をふくらませていた山吹である。そうして、さらにさらに大きなかげで包んでしまうのは、いつのまにか軍用船となって、どこの海を走っているかさえ分からぬ大吉たちの父親のことである。その不安を語りあうさえゆるされぬ軍国の妻や母たち、じぶんだけではないということで、人間の生活はこわされてもよいというのだろうか。じぶんだけではないことで、発言権を投げすてさせられているたくさんの人たちが、もしも声をそろえたら。ああ、そんなことができるものか。たったひとりで口に出しても、あの奥歯のない年よりがいったように、うしろに手がまわる。

ただの日光をうけて、春寒むの道ばたにふくらむ山吹は、それでも、花だけは咲かせたろうに。……

九　泣きみそ先生

海も空も地の上も戦火から解放された終戦翌年の四月四日、この日朝はやく、一本松の村をこぎだした一隻《せき》の伝馬船《てんません》は、紺がすりのモンペ姿のひとりのやせて年とった小さな女を乗せて岬の村のほうへ進んでいった。静かな海に靄《もや》はふかくたちこめていて、岬の村は夢のなかに浮かんでいるようにみえたが、やがてのぼりはじめた太陽に醒《さ》まされるように、その細長い姿を、しだいにくっきりと、あらわしはじめた。

「あ、ようやっと晴れだした。」

まだ十二、三と見える船頭《せんどう》は、小さなからだ全体を動かして櫓《ろ》を押しすすめながら、まだ遠い岬の村に眺めいった。目ばかりかがやいているようなその男の子に、同じように岬の村に目を見はっていた女は、いとおしむような声で話しかけた。

「岬、はじめてかい、大吉?」

みかけによらず、若い声である。

「うん、岬なんぞ、用がなかったもん。」

ふりかえりもせずに答えた。

「そうじゃな。お母さんでさえ、ずっとくることなかったもんなあ。岬というところは、そんなとこじゃ。あれから十八年！　ほう、ふた昔になる。お母さんも年よせたはずかいな。」

なんとそれは、大石先生の、ひさしぶりの声と姿である。今日、彼女は十三年ぶりの教職にかえり、しかも今、ふたたび岬の村へ赴任するところなのだ。まえには自転車に乗ってさっそうとかよっていた先生も、今ではそんな若さがなくなったのであろうか。ところが、そうばかりではなかったのだ。戦争は自転車までも国民の生活からうばいさって、敗戦後半年のいま、自転車は買うに買えなかった。岬へ赴任ときまったとき、はたと当惑したのはそれだった。途中まであったバスさえも、戦争中になくなったまま、いまだに開通していない。昔でさえも、自転車でかよった八キロの道は、歩いてかようしかなかった。とうてい、からだのつづくはずがないとかんがえて、母子三人岬へ移ろうかといいだしたとき、一言で反対したのが大吉だった。船でおくり迎えをするというのだ。船だとて借りるとすれば、相当の礼もしなければならない。

「雨がふったら、どうする?」

「そしたら、お父さんの合羽《かっぱ》きる。」

「風の強い日は、こまるでないか。」

「………」

「あ、心配しなさんな。風の日は歩いていくよ。」

返事につまった大吉を、いそいで助けたものだ。あしたはあしたの風が吹く。あしたのことまで考えてはいられなかった永《なが》い年月は、雨や風ぐらいでへこたれぬことだけは、教えてくれた。戦争は六人の家族を三人にしてしまったけれど、だからなお、残った三人はどうでも生きねばならないのだ。大吉は六年生になっている。並木は四年だった。出がけに渚《なぎさ》に立って母の初出勤を見おくってくれた並木も、もうそろそろ学校へ出かける時分だと思って一本杉をふりかえった。久しぶりに沖からながめる一本松も、昔のままに見える。なんの変化も見られぬその村にさえ、大きな変化をきたした戦争の果ての敗戦。

「大吉、つかれないかい。手に豆ができるかもしれんな。」

「豆ができたって、すぐにかたまらァ。ぼく、平気だ。」

「ありがたいな。でも、あしたからもっと早目に出かけようか。」

「どうして？」

「先生の息子が、毎日ちこくじゃあ、なにがなんでもふがわるい。そのうちお母さんも、また自転車を手にいれる算段するけども。」

「へっちゃらだあ。ちゃんと理由があると、叱られんもん。船で、おくったげる。」

ゆっくりと、櫓についてからだを前後に動かしながら、得意の顔で笑った。

「うまいな、櫓押すの。やっぱり海べの子じゃな。いつのまにおぼえたん。」

「ひとりで、おぼえるもん。六年生なら、だれじゃって押せる。」

「そうかね。お母さんもおぼえよかな。」

「そんなこと、ぼくがおくってあげる。」

「そうそう、森岡正という子がいてな、一年生なのにお母さんを舟でおくってあげるっていったことがあった。昔――。もう戦死したけんど。」

「ふーん。教え子？」

「そう。」

ふっと涙が出た。生きていれば、もうよい若者になったろうと、五年前、桟橋で別れたきりの正を思いだし、それが幼い日のおもかげとかさなって浮かんできた。あれきりついに会うことのなかった正。そしてもう永久に会うことのできなくなった教え子たち。はげしい戦いにたおれた今、幾人がふたたび故郷の土をふみ、ふたたび会えるかと思うと、心は暗くしずむ。

悪夢のように過ぎたここ五年間は、大石先生をも人なみのいたでと苦痛のすえに、小さな息子にいたわられながら、このへんぴな村へ赴任してこなければならぬ境遇に追いこんでいた。わが身に職のあることを、はじめて彼女は身にしみてありがたがった。教え子の早苗にすすめられて願書は出してみたものの、着てゆく着物さえもないほど、生活は窮迫《きゅうはく》の底をついていた。不如意《ふにょい》な日々の暮しは人を老いさせ、彼女もまた四十という年よりも七、八つもふけて見える。五十といっても、だれが疑おう。

いっさいの人間らしさを犠牲にして人びとは生き、そして死んでいった。おどろきに見はった目はなかなかに閉じられず、閉じればまなじりを流れてやまぬ涙をかくして、何ものかに追いまわされているような毎日だった。しかも人間はそのことにさえいつしかなれてしまって、立ちどまり、ふりかえることを忘れ、心の奥までざらざらに荒らされたのだ。荒れまいとすれば、それは生きることをこばむことにさえなった。そのあわただしさは、戦いの終った今日からまだ明日へもつづいていることを思わせた。戦争はけっして終ったとは思えぬことが多かった。

原爆の残虐さが、そのことばとしての意味だけで伝えられてはいたが、まだほんとうの惨状を知らされていなかったあの年の八月十五日、ラジオの放送を聞くために学校へ召集された国民学校五年生の大吉は、敗戦の責任を小さなじぶんの肩にしょわされてでもしたように、しょげかえって、うつむきがちに帰ってきた。

あれからたった半年、今目の前に櫓をこぐ可憐な姿は、深い感慨をそそるものがある。時代に順応する子どもというもの。半年前の彼のことを、いえば今は恥ずかしがる大吉なのを知っている。口には出さず、ひとり思いだすだけである。あの日、しょげている大吉の心を引ったててやるように笑顔で肩をだいてやり、

「なにをしょげてるんだよ。これからこそ子どもは子どもらしく勉強できるんじゃないか。さ、ごはんにしよ。」

だが、いつもなら大さわぎの食卓を見向きもせずに大吉はいったのだ。

「お母さん、戦争、まけたんで。ラジオ聞かなんだん?」

彼は声まで悲壮にくもらしていった。

「聞いたよ。でも、とにかく戦争がすんでよかったじゃないの。」

「まけても。」

「うん、まけても。もうこれからは戦死する人はないもの。生きてる人はもどってくる。」

「一億玉砕《ぎょくさい》でなかった！」

「そう。なかって、よかったな。」

「お母さん、泣かんの、まけても？」

「うん。」

「お母さんはうれしいん？」

なじるようにいった。

「バカいわんと！　大吉はどうなんじゃい。うちのお父さんは戦死したんじゃないか。もうもどってこんのよ、大吉。」

そのはげしい声にとびあがり、はじめて気がついたように大吉はまともに母を見つめた。しかし彼の心の目もそれでさめたわけではなかった。彼としては、この一大事のときに、なおかつ、ごはんを食べようといった母をなじりたかったのだ。平和の日を知らぬ大吉、生まれたその夜も防空演習でまっくらだったと聞いている。燈火《とうか》管制《かんせい》のなかで育ち、サイレンの音になれて育ち、真夏に綿入れの頭巾《ずきん》をもって通学した彼には、母がどうしてこうまで戦争を憎まねばならないのか、よくのみこめていなかった。どこの家にも、だれかが戦争にいっていて、若い者という若い者はほとんどいない村、それをあたりまえのことと考えていたのだ。学徒は動員され、女子どもも勤労奉仕に出る。あらゆる神社の境内《けいだい》は枯葉一枚ものこさず清掃されていた。それが国民生活だと大吉たちは信じた。しかし、山へどんぐりを拾いにゆき、にがいパンを食べたことだけは、いやだった。小さな大吉の村からも幾人かの少年航空兵が出た。

——航空兵になったら、ぜんざいが腹いっぱい食える。

かわいそうに、年端《としは》もいかぬ少年の心を、腹いっぱいのぜんざいでとらえ、航空兵をこころざした貧しい家の少年もいた。しかもそれで少年はもう英雄なのだ。貧しかろうと、そうでなかろうと、そこへ心を傾けないものは非国民でさえあった時世の動きは、親に無断で学徒兵をこころざせば、そしてそれがひとり息子であったりすれば英雄の価値はいっそう高くなった。町の中学では、たくさんの少年志願兵のなかに親に無断のひとり息子が三人も出て、それが学校の栄誉となり、親たちの心を寒がらせた。そのとき、小さかった大吉は、じぶんの年の幼さをなげくように、

「ああ、早くぼく、中学生になりたいな。」

そして歌った。

ナーナツ　ボータンハ　サクラニイカーリー……

人のいのちを花になぞらえて、散ることだけが若人《わこうど》の究極の目的であり、つきぬ名誉であると教えられ、信じさせられていた子どもたちである。日本じゅうの男の子を、すくなくもその考えに近づけ、信じさせようと方向づけられた教育であった。校庭の隅《すみ》で本を読む二宮金次郎までが、カンコの声でおくりだされてしまった。何百年来、朝夕を知らせ、非常を告げたお寺の鐘さえ鐘楼《しょうろう》からおろされて戦争にいった。大吉たちがやたら悲壮がり、いのちを惜しまなくなったこともやむをえなかったのかもしれぬ。しかし大吉の母は、一度もそれにさんせいはしなかった。

「なああ大吉、お母さんはやっぱり大吉をただの人間になってもらいたいと思うな。名誉の戦死なんて、一軒にひとりでたくさんじゃないか。死んだら、もとも子もありゃしないもん。お母さんが一生けんめいに育ててきたのに、大吉ァそない戦死したいの。

お母さんが毎日なきの涙でくらしてもえいの？」

のぼせた顔にぬれ手ぬぐいをあててでもやるようにいったが、熱のはげしさはぬれ手ぬぐいではききめがなかった。かえって大吉は母をさとしでもするように、

「そしたらお母さん、靖国《やすくに》の母になれんじゃないか。」

これこそ君に忠であり親には孝だと信じているのだ。それでは話にならなかった。

「あああ、このうえまだ靖国の母にしたいの、このお母さんを。「靖国」は妻だけでたくさんでないか。」

しかし大吉は、そういう母をひそかに恥じてさえいたのだ。軍国の少年には面子《めんつ》があった。彼は母のことを極力世間にかくした。大吉にすれば、母の言動はなんとなく気になった。ずっとまえにもこんなことがあった。病気休暇でかえっていた父に、ふたたび乗船命令が出たとき、大吉がまっさきにいきおいづいて、並木たちとさわぎたてると、母は眉根《まゆね》をよせ、おさえた声でいった。

「なんでしょう、この子。馬鹿かしら、ひとの気もしらずに。」

そういって額をつんと指さきで押した。ひょろひょろと倒れかかった大吉は、腹を立ててむしゃぶりついてきた。しかし、母の目に涙がこぼれそうなのを見ると、さすがに

しゅんとしてしまった。父は笑って大吉をなぐさめた。

「いいよ、なあ大吉。まだ八つや九つのおまえらまでがめそめそしたら、お父さんも助からんよ。さわげさわげ。」

しかし、そういわれるともう騒げなかった。すると、父は三人の子どもをいっしょくたに抱えて、

「みんな元気で、大きくなれよ。大吉も並木も八津も。大きくなって、おばあさんやお母さんを大事にしてあげるんだよ。それまでには戦争もすむだろうさ。」

「えっ、戦争すむの。どうして?」

「こんな、病人まで引っぱりださにゃならんとこみると――。」

だが、大吉たちにはその意味はわからなかった。ただ、じぶんの家でも父が戦争にゆくということで肩身がひろかったのだ。一家そろっているということが、子どもに肩身せまい思いをさせるほど、どこの家庭も破壊されていたわけである。

戦死の公報がはいったのは、サイパンを失う少しまえだった。さすがの大吉もそのときは泣いた。肘《ひじ》を胸のほうにまげて、手首のところで涙をふいている大吉の肩を、母は抱きよせるようにして、

「しっかりしようね大吉、ほんとにしっかりしてよ大吉。」

じぶんをもはげますようにいい、そのあと、小さな声で、どんなに父が家にいたがったかを語った。

「行ったら最後もう帰れないこと、分かってたんだもん。それなのに大吉たち、大さわぎしたろう。気のどくで、つらくてお母さん……。」

しかし大吉はそのときでさえ、なぜ母はそんなことをいうのだろうと思った。父はよろこび勇んで出ていったのだといってもらいたかった。戦死は悲しいけれど、それだと、父のない子はじぶんだけではないのにと、そのことのほうをあたりまえに考えていた。となり村のある家などでは、四人あった息子が四人とも戦死して、四つの名誉のしるしはその家の門にずらりとならんでいた。大吉たちは、どんなにか尊敬の目でそれをあおぎ見たことだろう。それは一種の羨望でさえあった。

その「戦死」の二字を浮かした細長く小さな門標《もんぴょう》は、やがて大吉の家へもとどけられてきた。小さな二本の釘といっしょに状袋《じょうぶくろ》に入れてあるのを手のひらにあけて、しばらくながめていた母は、そのまま状袋にもどして、火鉢の引出しにしまった。

「こんなもの、門にぶちつけて、なんのまじないになる。あほらしい。」

怒ったような顔をしてつぶやき、しょきしょきと米を搗きはじめた。米はビール瓶の中で搗くのである。病気で寝ていたおばあさんのおかゆのためで、大吉たちの口には入らなかった。防空演習でころんで、それが病みつきになったおばあさんは、もうとていなおる見こみもなく、寝ているだけだった。ころんだのがもとで病みついたのではなく、病みついていたからころんだのだろう、と医者はいった。八十すぎて、髪もひげもまっ白なとなり村の医者は、なおる見こみのない病人のところへは、なかなかきてくれなかった。ほかにたのむ医者はなく、せめてうまいものでもと心がけたが、なかなか手にはいらなかった。海べにいて、魚さえ手に入らないのだ。魚はありませんか。卵はありませんかと、一匹のめばる、一つの卵に三度も五度も頭をさげねば手に入らなかった。そのために母がひとりでかけまわった。

そしてある日、名誉の門標はいつのまにか火鉢の引出しから、門の鴨居《かもい》の正面に移っていた。母の留守に大吉がそこへ打ちつけたのである。小さな「名誉の門標」は、しかるべき位置に光っていた。「門標」の妻は、しばし立ちどまってそれを眺めた。ひとりの男の命とすりかえられた小さな「名誉」を。その名誉はどこの家の門口をもかざって、恥をしらぬようにふえていった。それをもっともほしがっていたのは、幼い子どもだったのであろうか。

そうして、ついに迎えた八月十五日である。濁流《だくりゅう》が、どんな田舎の隅ずみまでも押しよせたような騒ぎの中で、大吉たちの目がようやくさめかけたとしても、どうしてそれを笑うことができよう。笑われる毛ほどの原因も子どもにはない。

戦争の残飯をあさる人たちも多いなかへ、生きのこった兵隊が毎日のようにもどってきた。生きてはいてももどれぬ兵隊、永久に戻ることのない父や夫や息子や兄弟たちの、かつての名誉の門標は家々の門から、いっせいに姿を消し、ふたたび行方不明になった。それで戦争の責任をのがれられでもしたかのように。

同じようにそれのなくなった家で、思いがけなく大吉は、妹の八津のとつぜんの死をむかえねばならなかった。おばあさんがなくなってから一年目のことである。わずか一年そこそこのうちに、三人の死を迎えたわけだった。父のように大海の泡沫《ほうまつ》のなかに消えて姿を見せない死、おばあさんのように病みほうけて枯木のようになってたおれた生涯、昨日まで元気だったのが一夜のうちに夢のように消えてしまった、はかない八津の死。そのなかで八津の死はいちばんみんなを悲しませた。急性腸カタルだった。家のものにだまって、八津は青い柿の実をたべたのである。もうひと月もすればうれるのに、渋《しぶ》くはないということで八津はそれを食べたのである。いっしょに食べた子もあるのに、八津だけが命をうばわれた。

戦争はすんでいるけれど、八津はやっぱり戦争で殺されたのだ。——

母がそういったとき、大吉はきゅうには意味がのみこめなかったが、だんだんわかってきた。近年、村の柿の木も、栗の木も、熟《う》れるまで実がなっていたことがなかった。みんな待ちきれなかったのだ。

子どもらはいつも野に出て、茅花《つばな》をたべ、いたどりをたべ、すいばをかじった。土のついたさつまをなまでたべた。みんな回虫がいるらしく、顔色がわるかった。そんななかで病気になっても村に医者はいなかった。よくきく薬もなかった。医者も薬も戦争にいっていたのだ。おばあさんの亡《な》くなったときには、村の善法寺さんまでが出征して留守《るす》だった。近村の寺の坊さんは、戦死者でいそがしかった。終戦のちょっとまえに帰った善法寺さんは、帰るとすぐ供養《くよう》にきてくれたが、今また、つづけて八津のためにお経をあげてもらうことになるなど、どうして考えられたろう。

おばあさんは死ぬまえ、菩提寺《ぼだいじ》にお坊さんもいないことをくやんだが、小さな八津は坊さんのことなど考えたこともなかったろうと思うと、大吉は、声はりあげて経をよむ坊さんまでがうらめしかった。お母さんの話では、八津が生まれたときにお父さんはもう、からだのぐあいが少し悪くなりかけていて、船をおりて養生するつもりだったという。永年、世界の七つの海を渡りあるいたお父さんは、今はもう家に帰って休みたいといい、八つ目の港をわが家にたとえて、そのとき生まれた女の子に八津という名をつけた。しかし、病気のお父さんもわが家の港に病気をやしなうことができず、希望をかけた八津もまた死んでしまった。……

ものがとぼしく、八津のなきがらをおさめる箱も、材料をもってゆかねば作れないといわれ、少しこわれかけていた昔のたんすでつくることにした。花までが人間の生活のなかから追いだされていた。大吉は並木と二人で墓場へゆき、ジャノメ草やおしろい花をとってきて八津をまつった。もとは花もたくさん作っていたという庭は、大吉たちの記憶のかぎり、大根やかぼちゃ畑で、せまい軒先《のきさき》にまでかぼちゃは植えられて、屋根にはわせていた。八津がなくなるとお母さんは、泣きながら軒のかぼちゃをひきちぎるようにしてぬきとった。うらなりの実が三つ四つ、長い蔓《つる》に引きずられて落ちてきた。そのなかの丸いのを盆にのせて仏壇に供えたのだったが、疫痢《えきり》という噂が立って、だれもきてくれぬ通夜《つや》の枕もとにすわって、いつもの停電がすんだあと、お母さんはふと気がついたように、枕刀《まくらがたな》にした小さなゾーリンゲンの包丁をとりあげ、いきなり、ぐさりとかぼちゃの横腹につき立てて、大吉たちをおどろかした。ゾーリンゲンはお父さんが買ってきたものだった。もしも、お母さんが笑っていなかったなら、日ごろ、こわいと教えられているゾーリンゲンである。大吉たちは悲鳴をあげたかもしれない。しかしお母さんは笑っていたのだ。泣きはらした顔の笑顔は、ちがった人のように見えたが、なんでもない、なんでもないという目の色は大吉たちを瞬間で安心させた。

「いいもの、八津にこしらえてやろう。こんなこと、お前たち、知らないだろ。八津はとうとう知らずじまいじゃ。かぼちゃはうらなりでも食べるものと、大吉ら、そう思ってるだろう。お母さんらの子どものときは、かぼちゃのうらなりは、子どものおもちゃ。ほら、これが窓――。」

かぼちゃの横腹は四角にきりぬかれた。

「こっちは、丸窓《まるまど》といたしましょう。少々むつかしいな。手塩皿《てしおざら》もってきて大吉、型をとるから。それとお盆もな。わたい出すから。」

大吉と並木は目を丸くしてみていた。できたのは提灯《ちょうちん》だった。窓に紙をはり、底に釘をさすとろうそくの座もできた。配給のろうそくをともすと、いかにもそれは、八津のよろこびそうな提灯であった。悲しみを忘れて大吉はいった。

「お母さん、工作、満点じゃ。」

小さな棺《かん》ができてくると、提灯は八津の顔のそばにいれてやった。八津がもって遊んでいた貝がらや紙人形もそばにおいた。悲しみがきゅうにおしよせてきて、大吉も並木も声をあげて泣いた。おんおん泣きながら大吉は、八津がいつもほしがっていたチエノワを思いだし、かしてやらなかったじぶんの不親切をじぶんでせめながら、いまあらためて、それを八津にやろうと思った。胸に組みあわせた手にもたせようとしたが、冷たい手はもうそれをうけとってはくれず、チエノワはすべって棺の底に落ちた。並木も泣きながら、彼もまた八津の目にふれぬようにしまいこんであった大事な色紙をもってきて、鶴《つる》や奴《やっこ》や風船を折って入れた。そんなものをもって、八津は死出《しで》の旅路《たびじ》についたのである。

こういうことがあって、大石先生はきゅうにふけたのである。白髪《しらが》さえもふえた。小さなからだはやせるとよけい小さくなり、腰でもまげると、おばあさんそっくりになった。小さいながらも大吉はどきんとし、こんどはお母さんが、どうかなるかとあんじた。人のいのちの尊《とうと》さを、しみじみと味わえる年になってきた。

お母さんを大事にしてあげるんだぞ――

お父さんのことばが生きてきた。

「お母さん、薪《まき》はぼくがとってくる。」

そういって並木といっしょに山へゆく。

「お母さん、配給は、ぼく、学校の帰りにとってくるから。」

遠い配給所へゆくのも彼の役になった。並木もまけてはいられなかった。

「お母さん、水やこい、みんなぼくがくんであげる。」

涙もろくなったお母さんは、

「きゅうにまあ、二人とも親孝行になったなあ。」

これほどよわり、いたわられている彼女が、ふたたび教職にもどれたのは、かげに早苗の尽力があったのだ。早苗はいま、岬の本村の母校にいた。

「四十じゃあね。現職にいても老朽でやめてもらうところじゃないか。」

首をかしげる校長へ、再三頼んで、ようやく、岬ならばということで話がきまった。しかもそれは大石先生のもっている教員としての資格でではなく、校長いちぞんで採決できる助教であった。臨時教師なのだ。かわりがあれば、いつやめさせられるかもしれないのだ。早苗は、気のどくさにしおれて、それを報告した。だが、大石先生の目は、異様にかがやいたのである。

「岬なら、願ったり、かなったりよ。まえの借りがあるから。」

条件の悪さなど気にもかけず、心の底からつきあげてくるような笑顔をした。そのとき大石先生の心には、忘れていた記憶が、いまひらく花のような新鮮さでよみがえっていたのだ。

せんせえ　またおいでェ……

足がなおったら　またおいでェ……

やくそく　したぞォ……

あのとき、じぶんのあとへ赴任していった老朽の後藤先生と同じように、じぶんもまた人にあわれまれているとも知らず、いや、大石先生がそれを知らぬはずはなかった。しかし幼い二人の子をかかえた未亡人の彼女もまた、やはり後藤先生と同じく、よろこんで岬へゆかねばならなかったのだ。しかし彼女はいま、近づいてくる岬の村の山々の、夜気に洗われた緑のつややかさを見ると、じぶんもまた若がえってくるような気がした。昔、洋服も自転車も人にさきがけた彼女も、今では白髪まじりの髪の毛を無造作にひっつめ、夫の着物の紺がすりで作ったモンペをつけ、小さな息子に舟でおくられている。昔のおもかげを強いてさがせば、きゅうにかがやきだした瞳の色と、若々しい声であるかもしれぬ。なまいきといわれてけなされた彼女の洋服や自転車は、それがきっかけになってはやりだし、いまでは村に自転車に乗れぬ女はないほどだ。だが二十年近い歳月は、もうだれも若い日の彼女をおぼえてはいまい。

陸地がすうっとすべるように近づいたと思うと、船はもう渚《なぎさ》ちかく寄っていた。ふなれな手つきで水棹《みずさお》を押す大吉と、見なれぬ大石先生に、昔どおり村の子どもはぞろぞろ集まってきた。しかし、そのどの顔にもおぼえはなかった。永い年月の衣料の不足は、質素な岬の子どもらのうえにいっそう哀れにあらわれていて、若布《わかめ》のようにさけたパンツをはき、そのすきまから皮膚のみえる男の子もいた。笑いかけるとおびえたような目をしたり、無感動な表情のまま深い関心を見せて道をひらいた。珍しげにじろじろ見るのは昔のままであった。その好奇の目にとりかこまれながら、大石先生ははずみをつけてとびおりた。石ころ一つにさえ昔のおもかげが残っているようななつかしさ。少し船に酔《よ》ったらしく、頭がふらついた。ゆっくり歩いていると、うしろにささやく声がした。

「たいがい、せんせど、あれ。」

「ほんな　おじぎしてみるか、そしたらわかる。」

思わずにっとした顔の前へ、ばたばたと三、四人の小さな子どもが立ちふさがり、ぴょこんと頭をさげた。新学期に近づいて新入生におじぎがとり入れられたのをしおに、まだ学校ではないらしい小さな子らも、まねているのであろう。会釈をかえしながら、大石先生は涙ぐんでいた。まず、幼い子らに歓迎されたような気がしてうれしかったのだ。そっと目がしらを押さえ、笑顔を見せた。あらためて見たが、すぐに思いだす顔はなかった。道ゆく人もそうだった。昔ながらの村の道を、なんと変わった人の姿であろう。とはいえ、そのなかでもっとも変わっているのがじぶんだとは、気がつかなかった。その大石先生を追いぬき追いぬき、三々五々と走ってゆく生徒たちもたえなかった。ちらりちらりと、こちらをぬすみ見しては走りさってゆく。それらの姿から、わざと目をそらしたのは、見られたくないものが光ってこぼれそうだったからだ。

ひとり帰ってゆく大吉のほうへ手をふってみせてから校門をくぐった。古びてしまった校舎の、八分どおりこわれたガラス窓をみたとき、瞬間、絶望的なものが満ち潮《みしお》のように押しよせてきたが、昔のままの教室に、昔どおりに机と椅子を窓べりにおき、外を見ているうちに、背骨はしゃんとしてきた。なにもかも古いこの学校へ、新しいものがやってきはじめたからだ。古い帯芯《おびしん》らしい白い布で作った新しいかばん。まん中に一本縫い目のあるらしい銘仙のふろしき、そのなかには、新聞紙を折りたたんだだけのような、表紙のないそまつな教科書がはいっているだけでも、子どもたちは希望にもえる顔をしていた。昔どおりの岬の子の表情である。十八年という歳月を昨日のことのように思い、昨日につづく今日のような錯覚にさえとらわれた。大げさな始業式もなく教室にはいると、さすがにかあっと顔に血がのぼるのを感じた。それでも、なれた態度で出席をとった。若く、はりのある声で、「名前をよべば、大きな声でハイと返事をするのよ」と前おきをして、

「川崎覚《かわさきかく》さん。」

「ハイ。」

「加部芳男《かべよしお》さん。」

「ハーイ。」

「元気ね。みんな、はっきりお返事ができそうですね。加部芳男さんは、加部小ツルさんのきょうだい?」

いま、返事をほめたばかりなのに、もう加部芳男はだまってかぶりをふる。名前をよ

ばれたときでなければ、ハイとはいえないもののように。しかし先生は笑顔をくずさずに、

「岡田文吉《おかだぶんきち》さん。」

それは明らかに磯吉の兄の子どもとさっしられたが、盲目《めくら》になって除隊された磯吉につらい兄であると聞いて、ふれずにつぎに移った。

「山本克彦《かつひこ》さん。」

「ハイ。」

「森岡五郎さん。」

「ハイ。」

正の顔が大きく浮かんで消えた。

「片桐《かたぎり》マコトさん。」

「ハイ。」

「あんた、コトエさんの家の子。」

マコトはぽかんとしていた。彼女は小さいときなくなった姉のことなどおぼえていなかったのだ。それでもう、古いことはきくのはやめた。西口ミサ子の娘は、勝子といっ

た。そのほか三人の女の子のなかに、赤い新しい洋服をきた川本千里《ちさと》という子どもがいた。がまんできず、休み時間のとき、それとなくきいてみた。

「ちさとさんのお父さん、大工《だいく》さんね。」

するとと千里は、松江そっくりの黒い目を見はって、

「ううん、大工さんは、おじいさん。」

「あら、そうだったの。」

しかし彼女の学籍簿には、彼女の父は大工とあった。

「松江さんて、だあれ、姉さん?」

「ううん、お母さん。大阪におるん。洋服おくってくれたん。」

どきんとした。そして、この組に仁太やマスノがいないことにほっとし、またそれで、さびしくもなった。仁太がいれば今ごろはもう、十人の新入生の家庭事情はさらけだされ、めいめいのよび名やあだ名までわかっているだろう。その仁太や竹一や正は、そして、磯吉や松江や富士子は、と思うと、彼らのときと同様、いちずな信頼をみせて今日新しい門をくぐってきた十人の一年生の顔が、一本松の下に集まったことのある十二人の子どもの姿にかわった。思わず窓の外を見ると、一本松は、昔のままの姿で立ってい

る。そのそばに、二人の男の子が、じっと岬を見ているかもしれぬ、そんなことも知らぬげな姿である。

大石先生はそっと運動場の隅にゆき、ひそかに顔をととのえねばならなかった。そういう彼女に、早くもあだ名ができていたのを、彼女はまだ知らずにいた。岬の村に仁太はやっぱりいたのである。だれが先生の指一本の動きから目をはなそう。

彼女のあだなは、泣きみそ先生であった。

十　ある晴れた日に

四月とはいってもまだ寒さの名残りは午後の浜べにみちていた。砂の上に足をなげだしていた大石先生は、思わず立ちあがって、はたはたとモンペのひざをはたいた。そのうしろ姿へ呼びかける者があった。

「先生、そんなとこで、なにしておいでますか?」

西口ミサ子であった。

「まあ、ミサ子さん。」

はでな花模様の銘仙の袷にきちんと帯つきで、ミサ子はこれからどこかへ出かけそうなかっこうに見えた。あらたまったあいさつのあと、きゅうに親しさをみせて、

「先生にお目にかかりたくて、いま、学校へゆくところでしたの。」

そういってから、もう一度あらためて腰をこごめ、

「先生、このたびはまた、ふしぎな御縁で勝子がお世話になることになりまして、どうぞよろしくお願いもうします。」

そのゆっくりとしたものいいぶりや、ていねいなものごしは、二十年前の彼女の母親にそっくりであった。しかしミサ子のほうは、さすがにあっさりと生地《きじ》をみせ、なつかしそうにいった。

「先生がまた岬へおいでるというのを聞いて、わたし、うれしくて涙が出ましたの。母子《おやこ》二代ですもの。こんなこと、めずらしいですわ、ほんとに。でも先生、お達者で、よろしかったこと。」

「おかげさまで。でも、みんな、いろんな苦労をくぐりましたね。」

それには答えず、あたりを見まわしながら、ミサ子は、

「先生が怪我をしたところ、ここらへんでしたかしら?」

なつかしそうな目をしていった。

「そう、でしたね。よく思いだしてくれたこと。」

「そりゃあ忘れませんわ。ときどき思い出しては早苗さんと話していたんですもの。わたしらのクラスは、岬に学校がひらかれていらいの変わりものの寄り集まりらしいっ

て。ほら、あのとき、先生とこまで歩いていったりして。」

そういいながら、はるかな一本松に目をやり、ちょうど近づいてきた大吉の舟を、けげんな顔でながめた。舟はもう目の前にその姿を見せていたのだ。そのほうを、顔をふってしめしながら、大石先生は笑顔でいった。

「ミサ子さん、あれ、わたしの息子ですよ。ああして毎日、わたしを迎えにきてくれますの。」

それを聞くとミサ子は驚きを声に出し、

「まあ、そうですの。それで先生、浜においでたんですか。」

もう三日つづいている大吉の出迎えを、ミサ子はまだしらなかったのだろうか。昔からあまり人とまじわらない家風をミサ子もうけついでいるようにみえた。しかし時代の風はミサ子の家の高い土塀をも忘れずにのりこえて、彼女の夫をもさらっていったまま、まだ帰らぬ兵隊のひとりに加えていた。だが目の前に見るミサ子は、くったくのない娘のように大らかに、昔ながらの人のよい顔つきでにこにこしていた。そまつなモンペから足をぬくことができないでいる村人のなかで、彼女ひとりは大家の若奥さまなのだ。永い年月の昨日から今日につづくさまざまな苦労を、どのようにしてミサ子はくぐってきたのであろうか。終戦のときには、西口家の倉庫にも、軍の物資が天井まで積みあげてあるという噂もあったが、ほんとうかうそかさえも分からずにすぎている。その物資でミサ子の家はふとっているという噂も聞いたが、ミサ子の顔つきには、そんな悪のかげりはみえなかった。

今も彼女は大石先生と肩をならべ、大吉の舟のひとゆれごとに本気な心配をみせた。

「この風では、子どもには少し無理ですわ、先生。あ、あぶない！」

大吉の小さなからだは櫓といっしょに、海にのめりこみそうに見えたりする。そのけんめいさは、小舟とともに大吉の小さなからだにあふれていて、見ているこちらもしぜんに力《りき》んできた。おかでは寒くさえあるのに、大吉は汗みずくにちがいなかった。

「自転車は、もうお乗りにならないんですか、先生。」

ミサ子から声をかけられてもそれに耳をかすゆとりもなく、大石先生は、波にもまれる大吉を小舟もろともたぐりよせたい気持で見ていた。ミサ子はかさねて、

「雨や風の日は、舟はむりでしょう。自転車のほうが、かえって早いでしょうに。」

「ええ、でもねミサ子さん、自転車なんて、きょう日《び》は、買うに買えないでしょ。もしも買えるとしても、ふところが承知しない。」

舟から目をはなさずにいいながら、以前でさえも月賦《げっぷ》で買ったことを思いだした。それをしてくれた富子という自転車屋の娘は、そのあと結婚して東京でくらしていたのだが、はがきさえも品切れがちの戦争中に消息もたえ、そのままになっている。東京の本所《ほんじょ》で、やはり自転車屋をしていた彼女一家が、今どこにどうしているか、おそらくは三月九日の空襲で一家全滅したのではなかろうかと考えだしたのは、戦争も終るころだった。わが身のあわただしい転変に心をうばわれ、人のことどころではなかったのだ。

K町の富子の父たちの住んでいた家はいまも自転車屋であるが、どんないきさつからか戦争中に店主がかわって、今では、いつ見ても貧相《ひんそう》な感じの年とった男が一人、きたない古自転車をいじくっているだけだった。そこでも、あととり息子が戦死したのだ。新しい自転車など、どこにあるのだろう。だのにミサ子は、しごくかんたんにいった。

「先生、もしも自転車をお買いになるんでしたら、ご相談にのりますから。」

それがどういう意味なのか問いかえすひまもなく、大吉の舟はきゅうに速力をまして近よってきた。陸地のかげにはいって、風がなくなったのであろう。大吉は母親にだけにっと笑って、そっぽをむいてすましていた。水棹を押していつもするように舳《へさき》を砂浜によせ、母親の乗りこむのをまっている大吉の横顔に、いつもとちがったことばがいち早くとんできた。

「さ、坊ちゃん、つかまえてますから、あがってらっしゃい。」

おどろいてふりかえる大吉に、こんどは大石先生が笑いかけ、

「大吉、ひと休みしたら?」

だまってかぶりをふる大吉へ、かさねて、

「ちょっとお母さん、この方に、お話があるの。だから、そのあいだだけ待って。」

大吉はおこったような顔をして、だまって浜にとびおりた。大きな石にとも綱をとるのをまって、

「大吉も、ここへおいで。」

大吉もいる前で、ミサ子に自転車の話をききたいと考えたのだが、もうそのことは忘れたような顔をしているミサ子と、大人っぽく膝《ひざ》をだいて沖を見ている大吉とにはさまれて坐ると、どうしたのか自転車のことは口に出したくなくなった。どんな方法がミサ子にあるというのか。いずれは、おたがいの心をよごすほかに道がないことがわかるように思えたからだ。重くるしくだまっていると、それをほごすように、ミサ子は気がるに話しだした。

「早苗さんと、こないだ話したんですけど、わたしらのクラスだけで、先生の歓迎会をしようかって。」

「まあうれしいこと。でも、歓迎していただくほど、わたしが役だちますかどうか。ここへくるまでは、昔のまま元気なつもりでしたのにね、きてみると泣けて泣けて。泣けることばかりが思いだされましてね……。」

そういってもう涙ぐんでいる先生だった。それをいそいでぬぐい、思いさだめたようすを声のひびきにもこめて、

「しかしまあ、うれしいことですわ。クラスの人、何人いますの。」

「男が二人、女が三人。でも女のほうは小ツルさんやマッちゃんも呼ぼうと、いってますの。」

「マッちゃんて、川本松ちゃん?」

「え、ながいこと、どこにいたやらわからなかったのが、戦争中にひょっこり、もどってきたんですの。ほんのちょっと居ただけで、またどこかへ出てゆきましたけど、マスノさんが所を知ってるそうです。マッちゃん、きれいになって先生、みちがえそうでしたわ。」

そういいながら、ミサ子の顔に異様な表情が走ったのを、わざと気づかぬ顔で大石先生は、おとといの教室を思いだしていた。

――ちさとさんは、お父さんもおじいさんも大工さん？

――ううん、大工さんは、おじいさん。

――松江さんて、お姉さんでしょ？

――ううん、お母さん。大阪におるん。洋服おくってくれたん。

松江そっくりの黒い目をかがやかせた川本千里であった。それについて、ミサ子に聞く気はおこらなかった。しかし、別のことできかずにいられないことがあった。

「それよりか、富士子さんはどうしてるか、わかんないの？」

ミサ子は松江のときの表情をいっそう強めていった。

「あの人こそ先生、かいもく行方不明ですわ。なんでも戦時中、成金さんにうけだされて出世したという噂もありましたけど、どうせ軍需《ぐんじゅ》会社でしょうから、今はどうなりましたか……。」

知らずしらず顔色に出たミサ子の優越感にも、人生の裏道を歩いているらしい松江や富士子のことにも、わざと目をそらすかのように大石先生はうつむいて、じぶんにでもいって聞かせるように小声でつぶやいた。

「生きていれば、また会うこともあるけれど、死んでしまっちゃあね。」

ミサ子もしんみりと声をおとし、

「ほんとですわ。死んで花実《はなみ》が咲くものか……。コトやんが死んだのは、ごぞんじですか?」

だまってうなずく先生に、ミサ子は立てつづけて、

「ソンキさんのことは?」

おなじようにうなずく先生の目に、またも涙はあふれていた。磯吉が失明して除隊になったと早苗から聞かされたとき、早苗といっしょに声をあげて泣いた先生であったが、あのときの悲しみは今も心の底に沈もっている。早苗が見舞いにゆくと、磯吉は眼帯《がんたい》をした顔を膝につくほどうつむきこんで、いっそ死んだほうがよかったとしょげきっていたという。質屋の番頭をこころざしていた彼が、貧しい実家にかえっての立場を思うと死にたかった磯吉の気持もさっしられて、泣いたのだが、今はもうちがってきている。その後の磯吉が、町のあんまの弟子入りをしたと聞いて、彼のそのおそがけの出発にほっとしていたからだ。たった一つの生きる道、その暗黒の世界を磯吉はどのように生き

ぬくであろうか。しかしミサ子は、じぶんの心の貧しさをさらけだすようなことをいった。

「生きてもどっても、めくらではこまりますわ。いっそ死ねばよかったのに。」

だれが磯吉をめくらにしたか、そんなことはちっとも考えてはいないようなミサ子のことばに、もう逃げてはいられないとばかりに、大石先生はいった。

「そんなこと、ミサ子さん、そんなことどうしていえるの。せっかく立ちあがろうとしているのに。ことにあなたは同級生よ。」

叱られた生徒のようにミサ子はあわてて、

「でも、でも、ソンキさんは、人にあうと死んだほうが、ましじゃ、ましじゃというそうですもの。」

じぶんの考えの浅さに目がさめたように、あかい顔をしてミサ子はいった。

「それを、気のどくだと思わないの。死にたいということは、生きる道がほかにないということよ。かわいそうに。そう思わないの。」

「そりゃ、思いますとも。かわいそうですわ。なんといったって同級生ですもの。でも、だいたい、わたしたちの組はふしあわせものが多いですね、先生。五人の男子のうち三人も戦死なんて、あるでしょうか。」

ならんでいる大吉に肘《ひじ》をつつかれて、大石先生はきゅうに気がついてふりかえった。六、七人の子どもが、三人のすぐうしろを、みだれた半円形にとりまき、珍しそうにながめていた。きゅうにふりむかれて子どもらは、飛びたつ鳥のように走りだしたが、走りながら叫んだ。

　泣きみそ　せんせ
　泣きみそ　せんせ

すぐうしろの丘の共同墓地のほうへ逃げてゆくのを見ると、

「ちょっと、お墓へまいりましょうか、ミサ子さん。」

「え、水もらっていきましょう。」

ミサ子はすばやく立って小走りに、道ばたの家へはいっていった。まもなく手桶《ておけ》をもって出てくるのを見ると、大石先生はあごをしゃくって墓地のほうをしめしながら、

「すぐそこ、ほんの十分《じっぷん》かそこらだから、まっててね。お母さんの教え子の墓まいりなんだから。いっしょに、きてもいいけど。」

なんとなく不服らしい大吉を残して、二人はならんで歩きだした。

「まあ、ノッポになったことミサ子さん。あんた一ばんちっちゃかったでしょう。」

「いいえ、コトやんです。そのつぎがわたしでしたわ。……先生、コトやんの墓。」

道ばたから二足三足はいったところに、そのコトエの墓はあった。雨風にさらされ、黒くなった小さな板屋根の下に、やはり黒っぽくよごれた小さな位牌《いはい》が一つ、まるで横になって寝ているように倒れていた。生前のコトエが使っていたのであろうか、浅い茶碗に茶色の水が半ば干《ひ》からびていた。それになみなみと水をそそぐそのわきで、大石先生は位牌をとって胸にだいた。これだけが、かつてのコトエの存在を証明するものなのだ。俗名コトエ　行年二十二歳　ああ、ここにこうして消えたいのちもある。医者も薬も、肉身のみとりさえもあきらめきって、たったひとり物置の隅で、いつのまにか死んでいたというコトエ。――もしもわたしが男の子だったら役にたつのにというて、お父さんがくやむんです。わたしが男の子でなかったから、お母さんは苦労するんん……

男に生まれなかったことをまるでじぶんや母親の責任であるかのようにいった六年生のコトエの顔が浮かんでくる。希望どおり彼女が男に生まれていたとしても、今ごろは兵隊墓にいるかもしれないこの若いいのちを、遠慮もなく奪ったのはだれだ。また涙である。

「去《い》に。めずらしげにつきまわらんと。」

そういったミサ子の叱り声で、子どもたちに見られていることに気がついた。

「ほんとに、いよいよ泣きみそ先生と、思うでしょう。」

そういって笑うと、ミサ子もいっしょに笑いながら、うながすように柄杓《ひしゃく》をさしだし、

「先生、さ、お水。」

いつのまにまつったのか、摘《つ》み花のマユミの葉が茶碗に青くもりあがっていた。兵隊墓は丘のてっぺんにあった。日清《にっしん》　日露《にちろ》　日華《にっか》　と順をおって古びた石碑につづいて、新しいのはほとんど白木《しらき》のままの朽ちたり、倒れているのもあった。そのなかで仁太や竹一や正のはまだ新しくならんでいた。混乱した世相はここにもあらわれて、罪もなく若い生命《いのち》をうばわれた彼らの墓前に、花をまつるさえ忘れていることがわかった。花立ての椿《つばき》はがらがらに枯れて午後の陽をうけている。きちんと区画した墓地に、墓標だけがならんでいる新しい兵隊墓。人びとの暮しはそこへ石の墓を作って、せめてものなぐさめとする力も今はなくなっていることを、墓地は語っていた。

それは大石先生の心にもひびくことであった。同じような夫の墓を思いながら、あちこちと春草の萌《も》えだした中からタンポポやスミレをつんで供《そな》えると、二人はだまって墓

地を出た。もう泣いてはいなかったが、うしろからぞろぞろついてくる子どもたちは、あいかわらずよびかけた。

「泣きみそ　せんせえ。」

すると、うてばひびくように、大石先生はふりかえりざま答えた。

「はァいィ。」

おどろいたのはミサ子だけではなかった。子どもたちのやんやと笑う声をうしろに、先生も笑いながら、まだ知らぬらしいミサ子にいった。

「どうも、へんなあだ名よ。こんどは泣きみそ先生らしい。」


若葉の匂うような五月はじめのある朝、大石先生は校門をくぐるなり、一年生の西口勝子の待ちかまえていたらしい姿に出あった。

「せんせ、ゆうびん。」

ほこらしげに勝子は、一通の手紙をつきだした。

——たまの日曜日、先生も御用の多いこととおさっしいたしますが、どうぞどうぞお出かけくださいませ。一度御相談してからと思っていますうちに、だんだん麦も色づきだしましたし、麦刈りが近づくにつれ、しだいにむつかしくなりそうでしたので、大いそぎ私たちでとりきめました。この日ですと、たいていの顔がそろうはずですから、どうぞお出かけくださいますよう……。

例の歓迎会の案内である。ミサ子やマスノの名も書いてあったが、早苗の字なのは、はじめからわかっていた。読みおわった先生は、勝子にむかって、

「お母さんに、先生が、ハイっていってたといってね。わかった。ただね、ハイっていえばいいの。」

だが、ひとりじぶんの机の前に腰かけると、さて困った、とつぶやいた。というのは、ちょうどその日にあたるあさっての日曜日には、少し早いが八津の年忌《ねんき》をしようと、昨夜大吉たちと約束をしたばかりなのであった。いなりずしでも作ろうというと、

「わあっ!」

と、並木はからだごと歓声をあげ、大吉は大吉で兄らしい思慮をめぐらしていったのである。

「お母さんお母さん。八津の墓にもいなりずしもってってやろう。ぼく、明日学校の帰りにK町のやみ市であぶらげ買ってきとく。お母さんお母さん、あぶらげ何枚たのむ

ん？　お母さんお母さん、やみ市でも大豆持っていくん？　何合もっていくん？　お母さんお母さん、ぼくたち、今日から瓶で米つこうか――。」

こんなときやたらお母さんお母さんとかさねていうのが大吉のくせであった。よほどうれしかったのだ。それをのばすといったら、どんなにかがっかりするだろう。年忌とはいっても、時節がら客をまねいたり、坊さんをよんだりするのではない。いわば、いつも留守番をしたり、送り迎えをしてくれる二人の息子をなぐさめるための計画であり、久しぶりに月給をもらったひそかな心祝いでもあった。それを八津に結びつけたのは、八津と同じ年の一年生を見るにつけ、八津が思いだされたのでもあったし、ミサ子といっしょに仁太や竹一たちの墓へまいったりしたことからの思いつきでもあったろう。

その日先生は家へ帰ってから、二人の子どもの前で話しだした。

「なあ、君たち、こまったことができたんだけど、あさっての日曜日、お母さん用事ができたの。八津の年忌、一週間のばそうよ。」

「いやっ。」

「いやだっ。」

二人はま正面から反対した。

「そう。こまったな。お母さんの昔の教え子がね、歓迎会をしてくれるというのよ。歓迎会って、よろこんでむかえてくれる会よ。それをことわるわけには、いかんだろ。」

「いやっ。やくそくしたもん。」

いつも留守番の時間の多い並木はひるまずそういったが、大吉はさすがにだまっていた。しかしその顔には、失望の色がはっきりあらわれていた。

「そうよ。おまえたちと約束したから、お母さんこまったのよ。いっしょに考えてよ、並木も大吉も。お母さん、歓迎会にいかないで、家にいたほうがいい?」

そして、手紙をよんで聞かせた。二人ともだまりこんで、顔を見あわしていたが、やがて並木は、ぶつぶつとつぶやいた。

「やくそくしたもん。ぼくらのやくそくのほうが、さきだもん。民主主義だもん。」

民主主義に思わずふきだしたお母さんは、それと同時に一つの考えが浮かんだ。

「じゃあね、これはどう。八津の年忌はのばすのよ。そして、あさっては本村へピクニックとしようや。お母さんの会は水月楼《すいげつろう》よ。ほら、香川マスノって生徒のやってる料理屋。そこで、歓迎会がすむまで、おまえたち、本村の八幡さまや観音さんで遊ぶといい。お弁当は、波止場ででも食べなさいよ。そうだ、釣竿《つりざお》もってって波止場で釣りしたっておもしろいよ。どう?」

「わあっ、うまい、うまい。」

並木がまたさきに歓声をあげ、大吉もさんせいらしい笑顔でうなずいた。

日曜日は朝から曇っていた。ふりさえしなければ、一本松から一里の道を歩くにはかえって都合がよかった。歓迎会は一時からというので、十二時にはもう家を出た。以前ならば十五分ほどバスにのればゆけた道を母子はてくてくと歩きだした。珍しいことなので、出あう人がきいた。

「おそろいで、どちらへ?」

返事をするのは並木ときまっていた。並木は少しふざけて、

「ぴくにい、いいくんだよ。」

それはピクニックというのをわざとそういったのであるが、だれにも通じなかった。ききかえすものもなかった。それがまた、二人にはおもしろくてたまらなかった。向こうから知った人の姿があらわれるたびに、

おそろいでどちらへ、

と二人は、母子三人だけに聞こえる声でいう。すると、かならずそれはあたった。

「おそろいでどちらへ?」

「ぴくにいくんです。」

並木はすごく早口でいって、とっととゆきすぎた。大吉がおっかけていって、二人はしゃがみこんで笑う。こんなことは生まれてはじめてなので、二人はうきうきしていた。何度も同じことをくりかえしているうち、もうたずねる人もなくなったころには、隣りの村にさしかかっていた。本村にさしかかり、お母さんと別れねばならぬ場所が近づくと、さすがのきょうだいも少し不安になったらしく、かわるがわるきいた。

「お母さん、ぼくらのピクニックのほうが早くすんだらどうしよう。」

「そしたら水月の下の浜で、石でも投げてあそんどればいい。」

「本村の子が、いじめにきたら。」

「ふん、並木もいじめかえしてやりゃあいい。」

「ぼくらより強かったら。」

「かいしょうのない、大きな声でわああ泣くといい。」

「笑われらァ。」

「そうだ、笑われらァ。泣き声がきこえたら、お母さんも水月の二階から手たたいて笑ってやらァ。」

「お母さんの歓迎会、浜の見える部屋?」

「たぶんそうだろう?」

「そんならときどき顔出して見てなあ。」

「よしよし、見て、手をふってあげる。」

「そしたら、大石先生とこの子じゃと思うて、いじめんかもしれん。」

並木に大石先生といわれたことで、大石先生は思わずにやりとなり、

「へえ、大石先生か、このお母さんが……。」

岬では泣きみそ先生といわれているといおうとしてやめた。別れ道へきていた。そこから二人は八幡山へ登るのだった。十間《じっけん》ほどもいってから、大吉が叫んだ。

「お母さん、もしも、雨降ってきたら、どうしようか?」

「あんぽんたん。二人で考えなさい。」

水月まではもうあと十分たらずだった。まっすぐに歩いてゆくと、向こうから早苗とミサ子が子どものように走ってきた。

「せんせえ。」

ろくにあいさつもしないで、両側からとびついてきた。

「先生、めずらしい顔、だれだと思います？」

早苗がいった。

「めずらしい顔？」

「一ぺんにあてたら、先生を信用するわ。な、ミサ子さん。」

二人はいたずらっぽくうなずきあって笑った。

「ああこわい。信用されるかされないか、二つに一つのわかれ道ね。さてと、めずらしいといわれると、さしずめ、ああ、ふたりでしょう、富士子さんに松ちゃん？」

「わあ、どうしょう！」

早苗は子どものように大声をあげた。

「あたったの？　二人ともきたの？」

「いいえ、ひとりです。ひとり。あてて？　わあ、もうわかったわ。いるんだもん。」

三人はもう水月の前にきていた。見ていたのか玄関には小ツルやマスノをまん中にして、ずらりとならんでいたのだ。黒めがねの磯吉にどきんとしている大石先生の肩へ、いきなりしがみついて泣きだしたのは、マスノの横に立っていた、どことなくいきなつくりの着物をきた女だった。

「せんせ、わたし、松江です。」

名のられるまえに、先生もすぐ気がついた。

「まあ、ほんとに珍しい顔。よくきたわねマッちゃん、ほんとに、よく。ありがとうマッちゃん。」

松江はしゃくりあげながら、

「マスノさんから手紙もらいましてな、こんなときをはずしたら、もう一生仲間はずれじゃと思うて、恥も外聞《がいぶん》も、かなぐりすててとんできました。先生、かんにんしてください。」

それこそ恥も外聞もなく泣きだすのをみると、マスノはわざと衿《えり》がみをつかんでひきもどしながら、

「これ、マッちゃんひとりの先生じゃありませんぞ。さ、いいかげんで、上へ行こう、行こう。」

やっぱり海に向かった座敷だった。

「ソンキさん、こんにちは。」

先生は磯吉の手をとっていっしょに階段をあがろうとした。

「あ、先生、しばらくでした。」

「七年ぶりよ。」

「そうですな。こんなざまになりましてな。」

磯吉はちょっと立ちどまってうつむいたが、ひかれるままに先生とならんで階段をあがった。曇《くも》っていた空は少しずつ晴れまを見せ、ま昼の太陽は海の上にぎらぎらしていた。二階はまぶしいほどのあかるさなのに、山に面した北窓のほうは今にも降ってきそうな、奇妙な空模様である。しかし、八畳を二つぶっとおした部屋に、さわやかな風はみちわたり、肌にこころよくしみとおるようだった。

「ああら、眺めのいいこと、ちょっとォ……。」

てすりのそばからだれにともなくふりかえった小ツルは、きゅうに口をおさえてあとをいわなかった。磯吉を見たからだ。そのまの悪さをすぐに、ふっ消すように、マスノはれいのゆたかな声で、

「さ、先生はここ。ソンキさんとならんでください。こっちがわがマッちゃん。ふたりで先生をはさんで、堪能するだけしゃべりなさい。あとはめいめい勝手にすわって。」

投げだすようにいってはいるが、それはじつに思いやりのあるマスノのはからいであることを、先生はひそかに感じた。

「先生を、一年生みんなでおむかえしたつもりですの。ですから……。」

ちらりと磯吉を見て、マスノもやはりあとをいわずに床の間を指した。そこにはハガキ型の小さな額縁《がくぶち》にいれた一本松の下の写真が、木彫《きぼり》の牛の置物にもたせかけてあった。

早苗がかんたんではあるが、あらたまった挨拶をすますと、マスノはまたまを置かずにいった。

「さ、あとは無礼講《ぶれいこう》でいきましょうや。昔の一年生になったつもりで、なあ、ソンキ。」

きちんとかしこまった磯吉はにこにこしながら膝をさすった。さっきから、きっかけをつかもうとあせっていた松江は、先生にすりよっていって、その顔をのぞきこむようにしながら、

「せんせ、千里がお世話になりまして。それ聞いたときわたし、うれしいてうれしいて。わたしはもう先生の前に出られるような人間ではありませんけど、でも、たとえどんなにけいべつされても、わたしは先生のこと忘れませんでしたの。あの弁当箱、今だって持ってますから、大事に。」

そういって、ハンカチーフを目にあてるのを見ると、マスノはまぜかえすような調子で、

「なーにをマッちゃんがまた、酒ものまんうちにひとりでくだまいてるの。やめた、やめたそんなぐち。先生の前でいうこっちゃないわ。昔にかえって！」

ぽんと松江の肩をたたくと、松江はむきになり、しかし陽気さをくわえていった。

「だから昔話してんのに。なあ先生。わたし、あの弁当箱、戦争中は防空壕《ぼうくうごう》にまで入れて守ったんですよ。あの弁当箱だけは、娘にもやりたくないんです。わたしの宝でしたの。今日もお米いれて持ってきたんですよ、先生。」

それを聞くと吉次が、あ、そうじゃ、といいながら、国防服の脇ポケットから小さな布袋をとりだし、

「はい、うら(私)の食いぶに。」

と、マスノのほうへさしだした。

「ええじゃないかキッチン、おまえ、魚もってきてくれたもん。」

どうやら今日の会はもちよりであるらしいと思いながら、大石先生はしきりに松江の話を聞こうとした。松江のいう弁当箱とはいったいなんだろうと思ったからだ。防空壕

にまで入れた宝の弁当箱とは。

先生はあの百合の花の弁当箱のことをすっかり忘れていたのだった。

「マッちゃん、弁当箱って、なあに？」

小声できくと、松江はとんきょうな声を出し、

「あら、先生、忘れたんですか。そんならもってくる。」

とんとん音立てて階段を走りおりていったと思うと、やがてまたとんとんかけあがってきた松江は、みんなの前に、からの弁当箱を、赤ん坊のするあるまいあるまいでしてみせ、

「どうですこれ、わたしが五年生になったとき先生にもらったんですよ皆さん。どうです、どうです。」

わあと歓声があがり、

「先生、見そこないました。先生がマッちゃんだけにそんなひいきをしたの、知らなんだ、しらなんだ。」

マスノの抗議にまた笑声があがった。しかし、先生は涙ぐんでそれを見ていた。

見せられて思いだしたその弁当箱に、いちども弁当をつめて学校へはこなかった松江

のことが、修学旅行のとき、桟橋前《さんばしまえ》の小料理屋で、てんぷらうどん一丁ッと叫んでいた松江の姿が、久しぶりに生きて動いて、いま目の前にいる松江とむすびつこうとしている。かわいそうだった松江、そのかわいそうさをくぐってきたことをじぶんの恥のように卑下《ひげ》しているような松江……。

ぼつぼつ料理が運ばれ出すと、松江はいち早く立ちあがった。ビールとサイダーを両手にもって、なれた手つきでついでまわると、それを見さだめてからマスノがいった。

「さ、先生のために、乾杯！」

マスノはまっさきにコップを干した。松江がつぐのをつづけて干してから、大きなためいきをし、

「ああ、ここに仁太やタンコがおったらなあ。そしたらもういうことないですな先生。ソンキにタンコにキッチンに仁太と、人の好いのがそろとったのに。竹一じゃとて、上の学校へいきだしてからは少しすましとったけど、人間はよかった。わたしらの組、お人好しばっかりじゃないですか。それが、男はみんなろくでもない目にあい、女は海千《うみせん》山千《やません》になってしもた。小ツやんや早苗さんじゃとて、やっぱり海千山千よ。ただその筆頭が、わたしとマッちゃんかな。でもやっぱり、人はわるうないですよ。苦労しただけ、

もの分かりもええつもりです。ミイさんのような賢夫人《けんぷじん》や、小ツやんや早苗さんのオールド・ミスのおえら方にはできんことも、わたしらはするもん。なあマッちゃん、大いにやろう。」

そういって松江のコップにビールをついだ。ビールをのんでいるのは二人だけなのだ。小ツルははじめから磯吉のそばにすわりこんで、いちいち食べるものの世話役をしているし、松江は松江で、ここがじぶんの持場だというように、小まめに立ったりすわったりして料理をはこんでいた。昔ながらのおとなしさで、だまってのんだり食ったりしている吉次とならんで、早苗はふきだしながら、先生のほうを見、

「な先生、そう思いませんか。こういうところに出ると一ばん役に立たんのは学校の先生だと。」

肩をすくめて笑うと、

「わたしこそ。」

と、ミサ子がもじもじしたので、そこで笑いが渦《うず》まいた。だいぶ酔ってきたマスノは、磯吉のそばによってきて、コップを手ににぎらせ、

「さあ、ソンキ、あんまになるおまえのために、も一ぱいいこう。」

気がつくと、磯吉ははじめから膝もくずさず、きちょうめんにかしこまっていた。

「ソンキさん、みんな行儀わるいのよ。あんたももっとらくにすわったら。」

大石先生にそういわれると、磯吉は少しななめにまげた首のうしろに手をやり、

「いやあ先生、このほうがじつは、らくなんです。」

質屋の番頭が目的だった彼の十代の日の膝の苦行はもう身についてしまっているというのだ。彼はいま、三十に近くなって、こんどは腕をかためねばならないのだ。もうすでにかたまった彼の腕がどこまで、あんまとして成就できるか。しかもそれよりほかに生きる道はないのである。あんまの師匠は、そういう弟子をとりたがらないのだが、マスノの骨折りで、彼のばあいは首尾よく住みこめたという。その磯吉に、マスノはまるで弟あつかいの口をきき、

「おまえがめくらになんぞなって、もどってくるから、みんなが哀れがって、見えないおまえの目に気がねしとるんだぞ、ソンキ。そんなことにおまえ、まけたらいかんぞ、ソンキ。めくらめくらといわれても、平気の平ざでおられるようになれえよ、ソンキ。」

ビールは磯吉の膝にこぼれた。それを手早く磯吉はのみほし、マスノにかえしながら、

「マアちゃんよ、そないめくらめくらいうないや。うらァ、ちゃんと知っとるで。み

な気がねせんと、写真の話でもめくらのことでも、大っぴらにしておくれ。」

　思わず一座は目を見あわせて、そして笑った。ソンキにそういわれると、今さら写真にふれぬわけにもゆかなくなったように、写真ははじめて手から手へ渡っていった。ひとりひとりがめいめいに批評しながら小ツルの手に渡ったあと、小ツルは迷うことなくそれを磯吉にまわした。

「はい、一本松の写真！」

　酔いも手つだってか、いかにも見えそうなかっこうで写真に顔を向けている磯吉の姿に、となりの吉次は新しい発見でもしたような驚きでいった。

「ちっとは見えるんかいや、ソンキ。」

　磯吉は笑いだし、

「目玉がないんじゃで、キッチン。それでもな、この写真は見えるんじゃ。な、ほら、まん中のこれが先生じゃろ。その前にうらと竹一と仁太が並んどる。先生の右のこれがマアちゃんで、こっちが富士子じゃ。マッちゃんが左の小指を一本にぎり残して、手をくんどる。それから——。」

　磯吉は確信をもって、そのならんでいる級友のひとりひとりを、人さし指でおさえてみせるのだったが、少しずつそれは、ずれたところをさしていた。相槌《あいづち》のうてない吉次にかわって大石先生は答えた。

「そう、そう、そうだわ。そうだ。」

あかるい声でいきをあわせている先生の頰を、涙の筋《すじ》が走った。みんなしいんとしたなかで、早苗はつと立ち上った。酔ったマスノはひとり手すりによりかかって歌っていた。

　はるこうろうのはなのえん

　めぐるさかずきかげさして

じぶんの美声に聞きほれているかのようにマスノは目をつぶって歌った。それは、六年生のときの学芸会に、最後の番組として彼女が独唱し、それによって彼女の人気をあげた唱歌だった。早苗はいきなり、マスノの背にしがみついてむせび泣いた。

解　説

鷺　只雄

　壺井栄（一八九九―一九六七）の名を不朽にした『二十四の瞳』は昭和二十七（一九五二）年二月号から十一月号まで十回「ニューエイジ」（のち誌名が「月刊キリスト」と改題。発行はニューエイジ社。発売は教文館・毎日新聞社）に連載された。「ニューエイジ」はキリスト教系の家庭雑誌で、連載のきっかけはかねて知り合いの著名な児童文学者坪田《つぼた》譲治《じょうじ》の依頼によるものであった。その経緯については坪田自身書いたものもあるが、ここでは現在壺井家に残されている坪田自筆の栄宛紹介状があるのでそれによってみると次のようになる。坪田の三男、理基男《りきお》は入社早々「ニューエイジ」（この雑誌はキリスト教の伝道雑誌という大前提はあるが、実際は宗教色のすくない、品のいい清潔な雑誌であった）

の編集にまわされたが、雑誌の編集経験などは初めての新米社員で一往六回程度の連載小説の企画は考えたが、さて誰に書いてもらうかという作家の人選の段階で考えあぐねてしまった。というのは、「ニューエイジ」は名のある雑誌ではなく、原稿料も十分なものとは言えず、締め切りも迫っているという悪条件が重なっていたからである。

それで父の譲治に相談すると「それは壺井栄さんが最適」ということで紹介状を書いてもらって原稿を依頼に行き、執筆を快諾してくれた。

紹介状に記すところによれば当初「一回三十枚」、「一回から六回までの間」ということであったようだが、十回連載に変わった。

挿絵は栄の希望で森田《もりた》元子《もとこ》が描き、内容とマッチした郷愁をそそる美しい絵であった。地味で特殊な宗教雑誌が発表舞台ということもあって連載中は限られた読者層にしか読まれなかったわけであるが、回を追うごとに読者から好評を博することになり、連載第三回目までは順調に進んだが、四回目の時に体調不良につき休載を申し出られて大慌て、少し締め切りを遅らせて事無きを得たが、以後は毎回遅れがちでかなりきびしい催促をしなければならなかった。後に栄は当時を回顧して「にじり歩くようにしてやっと書き上げた」と記すように難渋するが七月末頃には健康をとりもどし、前年同様信州の上林温泉、山の湯旅館にこもってからは創作意欲が旺盛となり、これまでとは逆に書けすぎて困る程で、「二十四の瞳」の最終回は遅くても八月二十五日までには書き上げて、九月一日からは連載完結後単行本として刊行する約束が光文社との間に出来ていたため、早速その清書にとりかかっている。

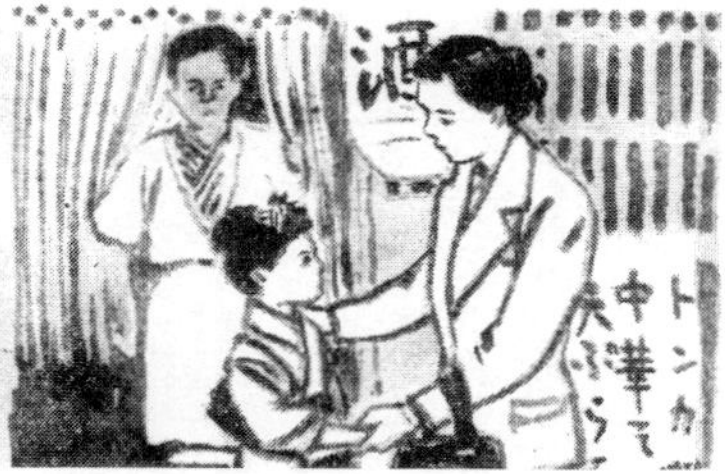
『二十四の瞳』初版本の挿絵（森田元子）

「清書」というのは厳密に言えば正確さを欠くので、冒頭から殆ど毎行改訂され、増補されているのが実態であるところからすれば、正確には初版本の本文は初出の本文を全面的に改稿したものと言わなければならない。

問題はその結果である。この改稿によって作品には如何なる変化が生じたのか。

それは改稿によって付加された部分に顕著に出ているわけで、その最大のものは「赤い先生事件」、稲川先生がアカという名で治安維持法にかけられて教育界から葬られた事件である。大石先生はかねて稲川先生が指導した生徒達の文集『草の実』を読んですぐれた指導の成果が現れている作文に感動してその中のいくつかを教室で紹介したこともあったほどであるが、この事件をきっかけにして一挙に人々の意識、風潮は変わり、見ざる・言わざる・聞かざるという小心翼々たる事大主義が支配的となり、戦争協力一色に塗りつぶされてゆく。その過程で稲川先生の動静を、スポット的に提示して——片岡先生の取調や、稲川先生の獄中からの生徒への手紙が彼らに届かず、教師と生徒の間でも秘密をうかがい、探るようになっていくことや、出所した稲川先生は復職できず、養鶏で細々と生きている姿などを点綴《てんてい》して軍国主義の跳梁する中での個人の生がいかに恣意的に翻弄されるみじめなものであるかを示している。

また、大石先生の父が小学校四年の時に受持の先生に誤解されて激怒し、級友を誘って一日ストライキをし、更に村役場へ押しかけて更迭を要求したというエピソードは、是非善悪をはっきりさせ、直情径行《ちょくじょうけいこう》に突っ走る父の性格を示すものであると同時に、その血が娘の大石先生にも流れているものでもあることを語っていよう。

第三に岬の子供たちと先生との再会を語るくだりで、時勢の変化について語り、三・一五事件、四・一六事件、満州事変、上海事変から思想の弾圧にまで及んでいることが示すように世の中の動静、時代背景を明確に作中に書き込んでいて、この作品は単なる超歴史的な童話というようなものではなくて、日本の戦前に起こったまぎれもない、歴史的な事実に基づいた小説であり、社会的な広がりをもった現代小説だということである。

詳しくは後述するように「二十四の瞳」は初出誌の本文を全面的に改稿することによって、作者の反戦への意志、平和への志向がより鮮明になったことは確かである。大分紙数を費やしたので作品のポイントを整理して示すと次のようになろう。

作品は若い一人の女性教師と十二人の子供たちの昭和三年から二十一年までの歴史を描いたものであり、作品の舞台も「農山漁村の名が全部あてはまるような、瀬戸内海べりの一寒村」とあって特定されてはいない。この登場人物の無名性と場所が限定されないという点が大事なところで、これは戦前の貧しかった日本の地方に住む人々の姿であり、また都会に住んでいる大多数の貧しい庶民の暮らしとぴったり重ね合わされるということである。言いかえれ

1925年．結婚の年の壺井栄

ば読者はこの作品の中に、自分たち自身の姿を見、感情を共有し、ささやかな喜びと大きな哀しみの中に過ごしてきた激動期の歴史を確認するということが一つある。

戦前の庶民は農業や林業や漁業や、あるいは父や夫の稼ぎだけでは生活がなりたたず、内職や副業をすることでどうやら暮らしをたてていた。だから大人も子供も皆働いて、仕事を分担することで一家が成り立っていた。作品ではヒロインの大石先生が働くのを初めとして、男も女も、大人も子供も、皆それぞれ家の仕事を手伝い、役に立っていて、遊んでいる者はだれもいない。その点でこれは暮らしに向き合って生きる庶民の文学であり、働く者の文学であると言っていい。

次に生きることに必死な庶民にとって一家の柱となる働き手の父や夫を奪う戦争ほど大きな敵はない。自転車に乗って颯爽と登場してきたヒロインの大石先生も、戦争によって教育界からはじき出され、夫と娘と母を死なせ、二児をかかえて生活のために戦後再び教師として復帰するが、まだ四十歳であるにもかかわらず、その時には「老朽」のレッテルを貼られた「助教」であり、「臨時教師」というみじめさである。

また、岬の教え子の五人の男子のうち、三人は戦死し、一人は生還はしたものの失明という悲惨な状況にあり、戦争は人類に不幸しかもたらさないという反戦平和の主張は、理屈や観念としてではなく、個々の人物の描き方を通して全篇にみなぎっている。

このことにかかわって次のようなエピソードが残されている。昭和三十一（一九五六）年十一月十日に、大石先生と十二人の子供たちを彫った「平和の群像」が小豆島の土庄《とのしょう》町にできた時、栄は招かれて除幕式に出席した。招待者は三百人、参列者は三千人という盛大なもので、主賓としての挨拶を求められた栄はこれを拒否するというハプニングがあった。

理由は台座の字を揮毫したのが総理大臣で再軍備支持者の鳩山一郎であることに不満だったからだ。あわてた主催者側がとりなして、何を話してもよいという条件で折り合いがつき、栄は最初にはっきり不満を述べ、反戦平和を願う気持ちを参列者に訴えた。

大石先生が生徒達の心をしっかりととらえたものに音楽がある。生徒の一人マスノは音楽に生きることをめざすほどになるのだが、これは当時の学校音楽ではなくて、大正期に起こった自由主義者の中から生まれてきた新しい童心主義の音楽であり、唱歌であった。おそらく栄は音楽におけるこうした新しい動きをすぐれた音楽教育の指導者でもあった兄の弥三郎から示唆され、それを積極的に受けとめていったものと思われるが、それにしても栄のこの炯眼《けいがん》には驚くほかはない。

「六　月夜の蟹」には小林多喜二の虐殺のことが出てくるが、栄は仲間の一人として実際にその遺体を清めている。

そういう辛い体験がここには至る所にちりばめられているが、しかし読後にやりきれない、じめじめした暗さは残らない。それは庶民の生きる知恵である。栄の母は、明日は明日の風が吹くがモットーであったというが、栄自身にも受け継がれたそういう楽天性や登場人物たちの発するユーモアによるところが大きいのであろう。

大石先生の魅力はどこにあるかと言えば、何と言ってもその豊かで広い母性愛にあるといってよいであろう。子供たち一人一人に寄せる愛情の深さは教師と教え子の師弟愛というレベルをこえて、母親が子供のゆくすえを慈愛の心で生涯いとおしみ続ける大母性といったものを思わせる程である。

これに関連して大石先生批判、あるいは不満があるようだ。作品の冒頭で、洋装の、自転車に乗った新しい女性として登場した彼女が時代に流され、はじき出されて泣くだけの女になっているのはどうしたことかというものだが、これに対しては最終章「十ある晴れた日に」で、彼女が二人の子を連れて歓迎会に行く場面のやりとりを思い起こしてもらえば、彼女の若さのよみがえり、溌剌ぶりは了解してもらえるであろう。

ただし、はっきり言えば大石先生は理想的にきっちりした近代的洗礼を受けて自立した存在ではない。困難な状況に直面すれば、それといかに向きあって状況を打破するかを考えるのではなしに、すぐに涙ぐみ、泣き、それに背を向け、尻尾を巻いて貝のように黙って逃げてしまうタイプである。したがってその点ではいわゆる「新しい女性」などではないのだから、あまり買いかぶらない方がよいようである。逆に大石先生が「新しい女性」ではなく、慈母のように全てを受け入れて泣いてくれる故に憧れの対象になっているとも言えるのである。

小豆島の苗羽小学校田浦分校
協力＝(一財)岬の分教場保存会

モデルについてはこれまでもいろいろ指摘があるが、まだ誰からも指摘されたことのないモデルを一人紹介しておこう。それは「八」の冒頭に出てくる大石先生の亡父嘉吉《かきち》。先生は父の旧友の船乗りから、若い時に二人は外国船に乗ってアメリカに渡り、シアトルにでも行った時に海へ飛び込んで密入国して一旗あげようともくろんだこともあったと聞かされるが、このアドヴェンチャーをこの通りそっくりやった人物が栄の身近にいた。夫繁治の兄嘉吉である。その名前までそっくりもらっている所には栄のユーモアがあるが、義兄は首尾よく密入国したのち雑貨商として成功し、市民権をとり、故郷の小豆島坂手《さかて》から妻を迎えて二人の子に恵まれ、戦前、戦後と日米を往反し、親しく交際した。特に戦後の窮乏期には栄は数多くの物資を送られて助けられた。

• 本「解説」は、「壺井栄論(21)」(『都留文科大学研究紀要』第七〇号(二〇〇九年一〇月))より、採録、一部加筆をした。

〔編集附記〕

一　本書は、『壺井栄全集　5』（編集・校訂＝鷺只雄、文泉堂出版、一九九七年四月刊、第一刷）に収録された「二十四の瞳」を、底本とした。

一　漢字は新字体、仮名づかいは現代仮名づかいに拠った。

一　漢字語のうち、使用頻度の高い語を一定の枠内で平仮名に改めた。平仮名を漢字に変えることは行わなかった。

一　漢字語に、適宜、振り仮名を付した。

一　本文中に、今日からすると不適切な表現があるが、原文の歴史性を考慮してそのままとした。

（岩波書店　文庫編集部）

二十四《にじゅうし》の瞳《ひとみ》

2018年5月16日　第1刷発行
2025年4月15日　第4刷発行

作　者　壺井《つぼい》　栄《さかえ》

発行者　坂本政謙

発行所　株式会社　岩波書店
〒101-8002　東京都千代田区一ツ橋2-5-5
案内 03-5210-4000　営業部 03-5210-4111
文庫編集部 03-5210-4051
https://www.iwanami.co.jp/

印刷・三秀舎　カバー・精興社　製本・松岳社

ISBN 978-4-00-312121-4　　Printed in Japan

読書子に寄す

——岩波文庫発刊に際して——

岩波茂雄

真理は万人によって求められることを自ら欲し、芸術は万人によって愛されることを自ら望む。かつては民を愚昧ならしめるために学芸が最も狭き堂宇に閉鎖されたことがあった。今や知識と美とを特権階級の独占より奪い返すことはつねに進取的なる民衆の切実なる要求である。岩波文庫はこの要求に応じそれに励まされて生まれた。それは生命ある不朽の書を少数者の書斎と研究室とより解放して街頭にくまなく立たしめ民衆に伍せしめるであろう。近時大量生産予約出版の流行を見る。その広告宣伝の狂態はしばらくおくも、後代にのこすと誇称する全集がその編集に万全の用意をなしたるか。千古の典籍の翻訳企図に敬虔の態度を欠かざりしか。さらに分売を許さず読者を繋縛して数十冊を強うるがごとき、はたしてその揚言する学芸解放のゆえんなりや。吾人は天下の名士の声に和してこれを推挙するに躊躇するものである。このときにあたって、岩波書店は自己の責務のいよいよ重大なるを思い、従来の方針の徹底を期するため、すでに十数年以前より志して来た計画を慎重審議この際断然実行することにした。吾人は範をかのレクラム文庫にとり、古今東西にわたって文芸・哲学・社会科学・自然科学等種類のいかんを問わず、いやしくも万人の必読すべき真に古典的価値ある書をきわめて簡易なる形式において逐次刊行し、あらゆる人間に須要なる生活向上の資料、生活批判の原理を提供せんと欲する。この文庫は予約出版の方法を排したるがゆえに、読者は自己の欲する時に自己の欲する書物を各個に自由に選択することができる。携帯に便にして価格の低きを最主とするがゆえに、外観を顧みざるも内容に至っては厳選最も力を尽くし、従来の岩波出版物の特色をますます発揮せしめようとする。この計画たるや世間の一時の投機的なるものと異なり、永遠の事業として吾人は微力を傾倒し、あらゆる犠牲を忍んで今後永久に継続発展せしめ、もって文庫の使命を遺憾なく果たさしめることを期する。芸術を愛し知識を求むる士の自ら進んでこの挙に参加し、希望と忠言とを寄せられることは吾人の熱望するところである。その性質上経済的には最も困難多きこの事業にあえて当たらんとする吾人の志を諒として、その達成のため世の読書子とのうるわしき共同を期待する。

昭和二年七月

岩波文庫の最新刊

ライプニッツ著／佐々木能章訳

形而上学叙説 他五篇

中期の代表作『形而上学叙説』をはじめ、アルノー宛書簡などを収録。後年の「モナド」や「予定調和」の萌芽をここに見る。七五年ぶりの新訳。

〔青六一六-三〕 **定価一二七六円**

ルートヴィヒ・ボルツマン著／稲葉肇訳

気体論講義(下)

気体は熱力学に支配され、分子は力学に支配される。下巻においてボルツマンは、二つの力学を関係づけ、統計力学の理論的な基礎づけも試みる。(全二冊)

〔青九五九-二〕 **定価一四三〇円**

若松英輔編

八木重吉詩集

近代詩の彗星、八木重吉(一八九八―一九二七)。生への愛しみとかなしみに満ちた詩篇を、『秋の瞳』『貧しき信徒』、残された「詩稿」「訳詩」から精選。

〔緑二三六-一〕 **定価一一五五円**

ゲルツェン著／金子幸彦・長縄光男訳

過去と思索(六)

亡命先のロンドンから自身の雑誌《北極星》や新聞《コロコル》を通じて、「自由な言葉」をロシアに届けるゲルツェン。人生の絶頂期を迎える。(全七冊)

〔青N六一〇-七〕 **定価一五〇七円**

……今月の重版再開……

ゴーゴリ作／平井肇・横田瑞穂訳

死せる魂(上)(中)(下)

〔赤六〇五-四～六〕 **定価(上)八五八、(中)七九二、(下)八五八円**

定価は消費税 10％ 込です　2025. 2

岩波文庫の最新刊

坂元ひろ子・高柳信夫監訳
厳復 天演論

清末の思想家・厳復による翻訳書。そこで示された進化の原理、生存競争と淘汰の過程は、日清戦争敗北後の中国知識人たちに圧倒的な影響力をもった。
〔青二三五‐一〕 定価一二一〇円

フリードリヒ・シュレーゲル
武田利勝訳
断章集

「イロニー」「反省」等により既存の価値観を打破し、「共同哲学」の樹立を試みる断章群は、ロマン派のマニフェストとして、近代の批評的精神の幕開けを告げる。
〔赤四七六‐二〕 定価一一五五円

永井荷風著／中島国彦・多田蔵人校注
断腸亭日乗(三) 昭和四—七年

永井荷風は、死の前日まで四十一年間、日記『断腸亭日乗』を書き続けた。(三)は、昭和四年から七年まで。昭和初期の東京を描く。（注解・解説＝多田蔵人）（全九冊）
〔緑四二‐一六〕 定価一二六五円

太宰治作／安藤宏編
十二月八日・苦悩の年鑑 他十二篇

第二次世界大戦敗戦前後の混乱期、作家はいかに時代と向き合ったか。昭和一七—二一（一九四二‐四六）年発表の一四篇を収める。（注＝斎藤理生、解説＝安藤宏）
〔緑九〇‐一二〕 定価一〇〇一円

今月の重版再開

忍足欣四郎訳
中世イギリス英雄叙事詩 ベーオウルフ
〔赤二七五‐一〕 定価一二二一円

プルタルコス／柳沼重剛訳
エジプト神イシスとオシリスの伝説について
〔青六六四‐五〕 定価一〇〇一円

定価は消費税10％込です　2025. 3